Pfälzische Impressionen

Hermann G. Klein Werner Schineller

Pfälzische Impressionen

Dichter und Maler aus fünf Jahrhunderten
sehen die Pfalz

Hermann G. Klein Verlag
1988

1988
2. Auflage
Hermann G. Klein Verlag
Neufferstr. 2, D-6720 Speyer
Lithos: Schneider Repro GmbH, 6900 Heidelberg
Satz und Druck: Zechnersche Buchdruckerei GmbH & Co KG, 6720 Speyer
ISBN 3-921797-24-1

Es ist gar ein fruchtbar land ... Dan do wechßt kostlicher wein / und über die maß vil mandlen / dz auch nach gantz Teütschland darvon gespeiset wirt ...

Dies schrieb Sebastian Münster 1544 in seiner Cosmographia universalis, zu einer Zeit, als es noch keine Pfalz im heutigen Sinne gab. Diese ist vielmehr das Ergebnis des Wiener Kongresses und umfaßt ein Gebiet, in dem bis zum Ende des 18. Jahrhunderts mehr als 40 Landesherren regierten. Und dennoch, die Pfalz gehört zu den ältesten deutschen Kulturlandschaften: Rheinebene, Haardt, Pfälzer Wald, Westrich und Nordpfälzer Bergland.

Diese Landschaften haben in den vergangenen Jahren und Jahrhunderten immer wieder Maler und Schriftsteller in ihren Bann gezogen. Das reise- und schreibfreudige 18. und 19. Jahrhundert sind in diesem Buch besonders ansehnlich vertreten durch Dichter wie: Goethe, Schiller, Eichendorff, Hölderlin, Seume, Platen und viele andere.

Dazu kommen Zeugnisse gebürtiger Pfälzer: Hugo Ball, Friedrich Blaul und Roland Betsch seien hier stellvertretend genannt.

Bei der Durchsicht der zusammengetragenen Texte mußte – im Hinblick auf die Fülle des Materials – eine Auswahl erfolgen. Erstaunlich war, daß wir bei der Stadt Kaiserslautern fast nicht fündig wurden, im Gegensatz dazu gibt es eine Fülle literarischer Zeugnisse zu Speyer, Landau und Zweibrücken.

Dieser literarische Bummel durch die Pfalz wird ergänzt durch zum Teil noch nie reproduzierte Ölbilder und Aquarelle mit pfälzischen Motiven. Die Bilder wurden chronologisch angeordnet, passende Texte wenn möglich zugeordnet.

40 Bild- und 121 Textseiten geben so einen Spiegel der Pfälzischen Geschichte, ein Bild- und Lesebuch ganz neuer Art.

Die Herausgeber hoffen den Pfälzern Unbekanntes ihrer Heimat zu zeigen, vielleicht motiviert das Buch aber auch den Nichtpfälzer zu einer Reise in „die Pfalz – den Garten Deutschlands".

Die Herausgeber danken zahlreichen Museen, Bibliotheken, Archiven und Verlagen für die freundliche Unterstützung. Nicht zuletzt gilt unser Dank der Hilfe von privater Seite.

Hermann G. Klein *Werner Schineller*

AUGUST BECKER 1828–1891

Schriftsteller, Begründer der pfälzischen Volkskunde

…
so lacht uns aus dem Lande, dem wir entgegeneilen, so recht eine freundliche Gegenwart an, denn das vor uns liegende Land am Abhang der Haardt ist das freundlichste und mildeste, das bevölkertste und heiterste Deutschlands; es ist der rechte „Wonnegau des Reiches“, die eigentliche Pfalz. Ununterbrochen ziehen sich die weiten, grünen Weingärten von der Queich herab, über den Speyerbach an der reizenden unteren Haardt, bis an die nördlichen Grenzen der Pfalz auf einer Strecke von zwölf Stunden; nicht etwa auf Felsen wie sonst am Rhein, sondern auf den sanften und sonnigen Vorhöhen des Haardtgebirges bis weit herein in die Ebene. So ist die Haardt das größte Weinland Deutschlands und ihr Gewächs, selbst in den schlechtesten Jahrgängen, noch äußerst angenehm und genießbar. Wie schöne Eilande liegen in diesem grünen Rebenmeer Ort an Ort in Obsthainen oder Kastanienwälder versteckt, während liebliche Mandel- und Pfirsichpflanzungen die Wege bekränzen, die zu den alten Ruinen führen, die gleichsam das Ufer des grünen Meeres von Reben bewachen. …

Die Pfalz und die Pfälzer, 1858

ALFONS PAQUET 1881–1947

Lyriker, Reiseschriftsteller

Germersheim

Rings um Schwetzingen liegen die berühmten Spargelfelder, auf der andern Seite des Flusses die Mais- und Tabakfelder, Pfefferminzpflanzungen und Pfirsichgärten der sonnigen Pfalz. Die kleine Landstadt Germersheim liegt drüben hinter die Dämme und Kasernen der gewesenen Bundesfestung zurückgezogen, umkränzt von kleinen Teichen, von Gärten und Landhäusern, deren Treppen aus den alabasterhellen Kieseln des Rheines geschliffen sind. In Germersheim ist Rudolf von Habsburg gestorben. Von den elf Kirchen der Stadt sind nur zwei übriggeblieben. Auch die sind noch zuviel, meint ein Handwerksmann am Tisch des Gasthauses, wo die Arbeitsleute in sparsamen Schlücken ihr Viertelchen Pfälzer trinken. Bei Germersheim führt der Rheinsand flimmernde Plättchen. Dort gewannen noch bis zum Beginn der Neuzeit die pfälzischen Kurfürsten aus dem Schlick des Flusses, dem „Goldschlich“, die getriebenen rheinischen Dukaten.

1940

WILHELM BESSERER
Ende 16. Jahrhundert

Kurpfälzische Rheinstromkarte (Ausschnitt)
Germersheim, 1590
Generallandesarchiv, Karlsruhe

JUSTINUS KERNER 1786–1862

Arzt, Dichter

Kaiser Rudolfs Ritt zum Grabe

Auf der Burg zu Germersheim,
Stark am Geist, am Leibe schwach,
Sitzt der greise Kaiser Rudolf,
Spielend das gewohnte Schach.

Und er spricht: „Ihr guten Meister!
Ärzte! sagt mir ohne Zagen:
Wann aus dem gebroch'nen Leib
Wird der Geist zu Gott getragen?"

Und die Meister sprechen: „Herr,
Wohl noch heut erscheint die Stunde."
Freundlich lächelnd spricht der Greis:
„Meister! Dank für diese Kunde!

Auf nach Speyer! Auf nach Speyer!"
Ruft er, als das Spiel geendet,
„Wo so mancher deutsche Held
Liegt begraben, sei's vollendet!

Blast die Hörner! Bringt das Roß,
Das mich oft zur Schlacht getragen!"
Zaudernd steh'n die Diener all',
Doch er ruft: „Folgt ohne Zagen!"

Und das Schlachtroß wird gebracht.
„Nicht zum Kampf, zum ew'gen Frieden."
Spricht er, „trage, treuer Freund,
Jetzt den Herrn, den lebensmüden!"

Weinend steht der Diener Schar,
Als der Greis auf hohem Rosse,
Rechts und links ein Kapellan,
Zieht, halb Leich', aus seinem Schlosse.

Trauernd neigt des Schlosses Lind'
Vor ihm ihre Äste nieder,
Vögel, die in ihrer Hut,
Singen wehmutsvolle Lieder.

Mancher eilt des Wegs daher,
Der gehört die bange Sage,
Sieht des Helden sterbend Bild
Und bricht aus in laute Klage,

Aber nur von Himmelslust
Spricht der Greis mit jenen Zweien,
Lächelnd blickt sein Angesicht,
Als ritt er zur Lust im Maien.

Von dem hohen Dom zu Speyer
Hört man dumpf die Glocken schallen.
Ritter, Bürger, zarte Frau'n,
Weinend ihm entgegenwallen.

In den hohen Kaisersaal
Ist er rasch noch eingetreten;
Sitzend dort auf goldnem Stuhl,
Hört man für das Volk ihn beten.

„Reichet mir den heil'gen Leib!"
Spricht er dann mit bleichem Munde,
Drauf verjüngt sich sein Gesicht,
Um die mitternächtige Stunde.

Da auf einmal wird der Saal
Hell von überird'schem Lichte,
Und entschlummert liegt der Held,
Himmelsruh' im Angesichte.

Glocken dürfen's nicht verkünden,
Boten nicht zur Leiche bieten,
Alle Herzen längs des Rheins
Fühlen, daß der Held verschieden.

Nach dem Dome strömt das Volk
Schwarz, unzähligen Gewimmels.
Der empfing des Helden Leib,
Seinen Geist der Dom des Himmels.

Unbekannter Künstler

Auszug des Pfalzgrafen Johann Casimir von der Burg Winzingen bei Neustadt am 19. 6. 1578
Aquarell, Anfang 17. Jahrhundert
Historisches Museum der Pfalz, Speyer

PHILIPP VON LÜTTICH (Daten unbekannt)

Speyer

Dienstag war der Heilige Abend, und wir kamen zu Schiff nach Speyer. Dort nämlich feierte König Konrad den Feststag, dort ging er gekrönt, dort umstand ihn die Versammlung der Bischöfe und Fürsten. Dahin kam der heilige Vater Bernhard in dem Begehren, unter einigen Fürsten Frieden herzustellen, deren Feindschaften viele vom Heere des Kreuzes Christi fernhielten. Dort geschah nun das Wunder der Wunder: der König nahm wider die Hoffnung aller das Kreuz! Nachdem Bernhard in der Predigt den König zweimal schon ermahnt hatte, er solle in einer Zeit so reicher Barmherzigkeit sein eigenes Heil bedenken, trat er am dritten Tag heimlich an ihn und legte mit gewohnter Sanftmut nah, durchaus sei zu bedenken, ob denn die leichte, kurze, ehrenvolle, heilvolle Buße so an ihm vorbeigehen solle, welche die göttliche Milde zur Rettung der Sünder ersonnen; da er denn zuletzt von ihm den Bescheid erlangte, er wolle sich's überlegen und die Seinen zu Rate ziehen. Hierauf begann inmitten des Hochamts der göttliche Geist den Mut Bernhards zu stacheln, daß er wider die Sitte sagte, es dürfe nicht ohne Predigt der Tag hingehen. Am Schluß der Predigt kam er in vollem Freimut auf den König, nicht als König, sondern als Menschen. Er stellte nämlich das künftige Gericht dar, wie der Mensch vor Christi Richterstuhl steht. Mit diesen Worten bewegte er Konrad so, daß er mitten in der Predigt unter Tränen ausrief: „Ich bin bereit dem Herrn zu dienen, denn von ihm her mahnt es mich nun!“ Das Volk brach in lautes Gotteslob aus. Sogleich wurde der König mit dem Kreuz gezeichnet und empfing das Banner vom Altar aus der Hand des Vaters, um es im Heere des Herrn mit eigener Hand zu tragen. (*1146*)

JOHANN WOLFGANG VON GOETHE 1749–1832

Rheinzabern d. 25ten Sept. früh.

...
Ich hatte mir vorgenommen ein klein Diarium zu schreiben, es ging aber nicht weil es mir keinen nahen Zweck hatte, künftig will ich Ihnen täglich, einfach aufschreiben was uns geschieht. Gestern Mittag kamen wir zu Speyer an, wie Sie aus der Bleystifft Beylage sehen, und suchten den Domherr Beroldingen auf. Er ist ein lebhafter, grader, und rein theilnehmender Mann. Wir sahen den Dom ein halb neues halb aus dem Brand überbliebnes Gebäude dessen erste Anlage wie die alten Kirchen zusammen in dem wahren Gefühl der Andacht gemacht ist. Sie schliesen den Menschen in den einfachen grosen Formen zusammen, und in ihren hohen Gewölben kan sich doch der Geist wieder ausbreiten, und aufsteigen, ohne wies in der grosen Natur geschieht ganz ins unendliche überzuschweifen. ...

Brief an Frau von Stein, 25. September 1779

ERASMUS VON ROTTERDAM 1466 oder 1469–1536

Bedeutendster Humanist, Gelehrter

Wahrlich, Speier, du bist nicht die geringste unter den Städten Deutschlands, ausgezeichnet durch einen Bischofssitz und hochberühmt durch den Wunderbau deines Domes und als Totenstadt des hl. römischen Reiches!

THEODOR REYSMANN um 1503–um 1544

Humanist, Dichter

Speyer

Mag der Rheinstrom stolze Städte grüßen und beglückte Gaun,
Reicher wird er nichts und schöner als das alte Speier schaun!
Seine Türme, Plätze, Mauern, Kirchen, Straßen hoch und weit,
Seine Bürger, seine Helden, seines Rates Herrlichkeit,
Seine Priester groß an Ehren und sein hohes Reichsgericht,
Dem sich Volk und Kronen beugen – haben ihres Gleichen nicht.

1531

WENZEL HOLLAR
1607–1677

Speyer, Nordansicht des Domes und Ostfassade der Jesuitenkirche, um 1635, Bleigriffel- und Federzeichnung, laviert und leicht aquarelliert.
Albertina, Wien

JOSEPH FREIHERR VON EICHENDORFF 1788–1857

15. Juli. Holten wir uns Pässc nach Speyer in Frankreich, wo wir morgen die dort durchmarschierenden spanischen Truppen betrachten wollten.

16. Juli. Schon gestern waren in Speyer spanische Soldaten angekommen. Da wir nun diese heute noch wegmarschieren sehen wollten, so standen wir schon um halb ein Uhr in der Nacht auf, zogen uns schnell an und bestiegen dann das Cabriolet, das unserer schon unten harrte ... Die Nacht war licht, warm und sehr angenehm, und so fuhren wir, unser Pfeifchen schmauchend, auf der herrlichen Straße zwischen den Gärten und Feldern den Vogesen entgegen, die noch dunkel im Hintergrunde ruhten. In der Morgendämmerung kamen wir durch Schwetzingen, wo aber noch alles ruhte und wenig zu erkennen war. Ein Mann mit der Laterne wies uns den schönen Alleeweg nach Speyer. Bald aber kamen wir in öde waldigte Gegend, wo wir durch eine, fast eine halbe Meile lange Sandwüste zu Fuße gingen. Endlich bei anbrechendem Tage erhoben sich schon aus weiter Ferne die alten Türme von Speyer, das wie eine große Ruine dunkel und zackigt da liegt. In dem Dorfe vor Speyer: die große Fuhre voll Studenten, Damasen etc. Ein Dammweg führt uns durch eine noch immer wilde Gegend, die vor uralten Zeiten ein Teich gewesen zu sein scheint, bis an den königlichen Rhein, den wir also heute zum erstenmale erblickten. Sein imposantes Äußere, das stille kräftige Strömen und die eigen weißsilbernen hohen Wogen überraschten uns. Hier wurden wir übergefahren, während ein Rheinschiff, das schon zwei Masten hat, auf uns zukam. Nun standen wir denn zum ersten Male auf französischem Boden. Vom Rhein bis nach Speyer fuhren wir nur noch ein kleines Viertelstündchen und wurden am Tor von einem französischen Grenzjäger, der sich ganz höflich die visite de la carosse ausbat, untersucht. Wir kehrten am Tore im Einhorn ein.

Nach eingenommenem Frühstück ging ich mit Wilhelm in die Stadt, die, ein rührender Trümmer alter deutscher Kraft und Herrlichkeit, immer unbedeutender wird und bange Empfindungen erweckt. Unser erster Gang war durch die ungeheuren Ruinen der gewesenen Dom-Dechantei, wo wir durch ein Lug-Fenster, in das wir ganz hineinkrochen, in ein schauerliches, mit Säulen befestigtes Gruftgewölbe des Domes, worin ein herrliches Echo, hinabschauten, auf der uralten Festungs-Mauer, Warttürmen etc. herumgingen usw. Der Dom selbst ist ein ungeheures, schönes Gebäude (vorn mit Säulen, Kuppeln) schon über 800 Jahr alt …

Wir gingen nun in das Innere der Kirche, wandelten auf der steinernen Galerie, die schmal und ohne Geländer um die ganze Kirche geht, von der aber eine himmlische Aussicht auf den Rhein etc. herum, guckten durch ein Loch in die vermauerte Gruft, wo die vier deutschen Kaiser: Adolf v. Nassau, Rudolph v. Habsburg, Albrecht v. Österreich und Friedrich II. begraben liegen und gingen denn vor das andere Tor hinaus … den Spaniern entgegen.

1807

KASIMIR EDSCHMID 1890–1966

Schriftsteller

Speyer

Als der erste Salier, Konrad der Zweite, im Jahre 1024 aufs Pferd stieg, um den Königsritt durch Deutschland zu machen, begann ein neues Fürstengeschlecht zu regieren. Es war, als habe Konrad geahnt, daß viele bedeutende Herrscher aus seinem Hause hervorgehen und auf ihn folgen würden. Denn gleich nach seiner Kaiserkrönung in Rom beschloß er, in Deutschland einen Dom zu bauen, in dem die Kaiser des salischen Hauses ihre letzte Ruhestätte finden sollten.

Dieser Dom sollte deshalb alle Bauten Europas an Klarheit und Wucht, an Größe und Schönheit übertreffen. Er sollte die Weltideen des Kaisergeschlechtes und die absolute Einheit des Raumes, den Konrad regierte, widerspiegeln. Und er sollte zeigen, daß die Salier die Erinnerung an diese Ideen bis in die Ewigkeit aufbewahren wollten.

1964

P. (JACOBUS?) STORCK
1641–1687

Ansicht der Stadt Speyer im Jahr 1683
Oel auf Leinwand
Historisches Museum der Pfalz, Speyer

REINHOLD SCHNEIDER 1903–1958

Schriftsteller

Speyer

Wieviel auch eine jede alte deutsche Stadt zu sagen hat vom Schicksal seines Volkes, dem die Krone des Reiches, das Symbol aller irdischen Ordnung, überantwortet war, so ist doch keine erfahrener als Speyer; die kleine Stadt im alten Kaiserland ist freilich sehr still geworden unter den Stürmen: so still wie der Rhein selbst, der in gemessenem Bogen an ihr vorüberzieht, von Pappeln begleitet, und nur mit den weißen Schaumlinien an den Tragebooten der Schiffbrücke seine geheime Heftigkeit verrät.

Der Dom liegt einsam am Strom, von Wipfeln umfaßt, einem Schiff gleich, das in grauer Zeit einmal hierhergetrieben wurde, und nun nicht mehr zurückgetragen wird auf die Wellen des Lebens: vielleicht weil seine Zeit vorüber ist; vielleicht auch weil es zu schwer wurde vom Frachtgut des Schicksals. Die Sonne fällt in breiten Strahlbändern durch die offenen Fensterbogen der Türme; sie umspielt die Kreuze auf den Spitzen und auf der Vierungskuppel; die Stadt liegt verborgen hinter dem Domhügel und den Bäumen, und der Strom eilt den schönsten Landschaften seiner Wanderung zu: fern sind noch die schwellenden Weinhügel seines beginnenden Mittags um Bingen, die Höhen und Abstürze des Siebengebirges; ferner der Dom zu Köln, dessen Geläut die erste Mahnung der Mündung, des Abends, herniederträgt.

Dennoch sind sie eins: der Dom und der Rhein und das weit sich hindehnende Feld des rechten Ufers, wo die Heere sich sammelten und vorüberzogen: das Haus der Toten, die, an Leben gesättigt, in der Krypta ruhen; der Strom, der dem

Neuen entgegendrängt, sie grüßen einander in ihrer Verbundenheit.
Aus der Landschaft wuchs der Bau, sie zu überragen, und ihr den höchsten Sinn zu geben: als Schauplatz der Geschichte, die nichts anderes ist als das Hereinbrechen der Übermacht, ihr Empfangenwerden und der Aufstand gegen sie.
Diese weite Landschaft von den blauen Höhen der Hardt bis zu den Höhen des Odenwaldes: was wäre sie endlich in all ihrem stillen Glanz ohne die Entscheidungen, die auf ihr sich vollzogen; und wie hätten diese Entscheidungen fallen können, wenn die Landschaft nicht ihren Raum bestimmt und mitgewirkt hätte mit Bergen und verstreuten Waldstücken, dem Strom und der Mündung des kleinen Speyerbachs, unter dem Hügel des Gotteshauses?

Herrscher und Heilige, 1953

JOHANN CHRISTIAN VON MANNLICH 1741–1822

Hofmaler, Architekt, Pfalz-Bayerischer Zentralgaleriedirektor

Schloß Karlsberg

Ungeheuer war die Zahl der Arbeiter, die man beschäftigte; man hatte Baracken errichtet, um sie beherbergen zu können. Sie hatten ihre Frauen und Kinder mitgebracht; diese kochten im Freien, bleichten ihre Wäsche, und die Kinder spielten und tanzten. Das sah wie eine neue Ansiedlung aus und bot ein bewegtes und ebenso heiteres wie liebliches Bild. Der Herzog kam jeden Nachmittag und kehrte erst bei einbrechender Nacht wieder nach Jägersburg zurück. Er fand an seinem Luisenhof so großen Gefallen, daß er ihn von nun an „Karlsberg" nannte. In dieser Zeit begann mein Amt als Generalbaudirektor sehr anstrengend zu werden. Zur Ueberwachung und Leitung der Arbeiten mußte ich mich täglich zu dieser neuen Ansiedlung begeben und konnte erst nach der Abfahrt des Herzogs in das mehr als drei Meilen entfernte Zweibrücken zurückkehren. So kam ich gewöhnlich gegen 11 Uhr nachts zu Hause an. Am Morgen zu früher Stunde mußte ich die Baugeschäfte erledigen, die Rechnungen durchsehen und die Bezahlungen anweisen, dann in Eile essen und nach dem Karlsberge fahren, wo der Herzog nie fehlte. Der Platz gefiel ihm so, daß er dort das Diner einzunehmen wünschte. Alsbald erhielt ich den Auftrag, an das Haus einen Flügel für die Küchen anzufügen, die Vorratskammern in die Untergeschosse nach Norden zu legen und einen großen schönen Speisesaal im ersten Stockwerk zu errichten. Der Anbau war vor Schluß des Herbstes unter Dach, und während des Winters beendete man die Ausgestaltung des Innern."

Lebenserinnerungen, 1813–1818

PHILIPP LE CLERC
1755–1826

Ansicht des Hauptpalais
von Schloß Karlsberg
Aquarell, um 1790
Privatbesitz

JOHANN HEINRICH MERCK 1741–1791

Schriftsteller

Schloß Karlsberg

Von Zweibrücken aus haben unsere Leute die sonderbarsten Anekdoten von Despotismus mitgebracht. Es ist ausgemacht, daß niemand dort Tabak schnupfen darf, nur der einzige Herr v. Hofenfels hat es so weit gebracht, daß man es ihm zum Teil verzeiht. Unser Piqueur Metzger hat indessen den Mut gehabt, in Gegenwart des Herzogs die Tabatière zu öffnen und seinen Brüdern mit einem herzlichen Fluch: „Wer wird so ein Hund sein und keinen Tabak schnupfen!" davon angeboten. Kein Hofbedienter hat, bei Staupbesen, mit den Unsrigen reden dürfen. Alle Abende hat der Herzog mit der Frau v. Esebeck Konferenz, um die Spione abzuhören. Neben dem Appartement, wo sich die Herrschaften aufhalten, ist ein großer Saal, und am Ende desselben ein anderes Zimmer, wo sich die Kavaliere und Damens befinden. Keine lebendige Seele darf indessen in diesen Saal treten, ohne gerufen zu sein. Ein Koch ist ins Stockhaus geschickt worden, weil er gespickte Fasanen, statt ungespickter aufgesetzt hatte. Der Herzog hatte ihm vor drei Monaten verboten, die Fasanen zu spicken. Der gute Mensch glaubte aber, es erfordere es die Ehre der Kochkunst, weil fremde Herrschaften da wären, daß man mitunter gespickte Fasanen aufsetzte. Ein Mohr, der den Wagen zumachen wollte, ohne in der Geschwindigkeit den Tritt eingehoben zu haben, der also etwas dadurch litt, bekam 50 Prügel. Im ganzen Schlosse sind überhaupt 50 Mohren unter den Bedienten, und meist bewaffnet. Kein Mensch darf auf dem Karlsberg in der Runde weder singen noch pfeifen. Eine von unseren Garderobemädchen trillerte in ihrem Zimmer ein Liedchen; die Schildwache, die auf dem Gang stand, öffnete die Tür und bat sie um Gottes Willen, sie möchte aufhören, weil er sonsten unglücklich wäre, wenn's herauskäme, daß er es als Schildwache gelitten hätte. Jeder, der in den Schloßhof tritt, auch in den äußersten, wo keine Herrschaften wohnen, muß den Hut abnehmen, wenn er nicht 50 Prügel haben will. Sogar die Bauern, die das Holz mit ihren Ochsen hinaufdrükken, müssen neben ihren Ochsen den Hut abnehmen, ehe sie die geheiligte Stätte betreten.

1785

FRIEDRICH BLAUL 1809–1863

Theologe, Schriftsteller

Schloß Karlsberg

Karl II., letzter Herzog von Zweibrücken, Bruder des trefflichen Königs Maximilian von Bayern, hatte hier, in der Nähe seiner Residenzstadt, das prächtige Lustschloß Karlsberg erbaut und zu seinem ständigen Wohnsitze gemacht. Ältere Leute, welche das Treiben an diesem Hofe noch mit angesehen, wissen nicht genug zu erzählen von all den Herrlichkeiten, welche dieser Karlsberg umfaßte und von der verschwenderischen Pracht dieser Hofhaltung. Dieser Karlsberg war schon durch seine kostspielige Erbauung der Fluch des ganzen Herzogtums geworden und blieb es zwölf volle Jahre, denn das arme Land vermochte kaum die teueren Launen seines rauhen Fürsten zu befriedigen; es erlag beinahe unter dem Drucke. Der Herzog wird durchaus nicht als menschenfreundlich geschildert. Hunde und Wild waren ihm über alles teuer und wer sich unterstanden, einen der unzählbaren herzoglichen Hunde, der ihn angefallen, unsanft abzuweisen, oder ein Wild, das ihm die Saaten verdarb, zu töten, sei dem ärgsten Verbrecher gleichgeachtet und bestraft worden. Neben dem Wilde zehrten kostbare Menagerien an dem Marke des Ländchens. Unter andern waren alle Arten ausländischer Vögel hier zusammengebracht, sechs Bären brüllten im Schloßzwinger, ein großer Eichbaum war mit einem Drahtgeflecht künstlich umsponnen und Hunderte von Kanarienvögel wohnten in diesem originellen Riesenbauer. Kurz all der läppische Luxus jener Zeit war hier in seiner weitesten Ausdehnung zu Hause, so daß selbst Kaiser Joseph diesen prächtigen Aufenthalt wie ein Wunder bestaunte.

Schnell wie ein Zauberschloß war dieser Palast mit seinen Feengärten entstanden und eben so schnell war er beinahe spurlos verschwunden. Er war einer der ersten Gegenstände, an denen sich die Wut der französischen Sansculotten auf deutschem Boden ausließ. In der Nacht des 9. Februars 1793 überfielen sie den Karlsberg. Der Herzog hatte kaum noch Zeit, aus dem Bette in den Wagen zu kommen. Die Verfolger sahen noch fern durch den Wald die Laternen schimmern, aber ihre Pferde waren nicht im Stande, die kräftigen Grauschimmel des Herzogs einzuholen. Er entkam nach Mannheim. Im Rachedurst zertrümmerten die Franzosen nun alles im Schlosse, und zündeten ein fürchterliches Opferfeuer an, zur Sühne für die hier begangenen Sünden gegen das Volk. Und das Volk jubelte.

Träume und Schäume vom Rhein, 1838

PHILIPP LE CLERC
1755–1826

Ansicht des Schloßes
und der Stadt Zweibrücken (Ausschnitt)
Aquarell, um 1790
Privatbesitz

LEVIN SCHÜCKING 1814–1883

Dichter

… Zweibrücken ist eine altertümliche, Steinkohlen brennende, schwarze Stadt, mit sehr düstern Giebeln und sehr hellen Gesichtern, mit sehr ansehnlichen alten Herren und sehr schlanken jungen Mädchen, sie ist Sitz eines Liebhabertheaters, das den dreißig hier residierenden Rechtskandidaten Beschäftigung gibt, welche sehr angenehme junge Männer sind, schwarze Glacéhandschuhe tragen und den Damen zum Danke häufig Gelegenheit geben, sich über die interessantesten Lehren des Code Napoleon zu unterrichten. Dies und ein großes Rokokoschloß sind Zweibrückens Merkwürdigkeiten …

ELISABETH CHARLOTTE, HERZOGIN VON ORLÉANS LISELOTTE VON DER PFALZ 1652–1722

… Der itzige hertzog von Zweybrücken ist ein schlechter potentat undt woll der unahngenehmbste mensch in allem, in figur, in humor, in allem, so gott geschaffen hatt. Er bildt sich ein, er gleiche mir wie zwey tropffen waßer. Hübscher, alß ich, ist er woll. Ich flattire mich, nicht so gar unahngenehm zu sein undt ein wenig mehr vernunfft zu haben. Seine gemahlin ist nicht recht gescheüt; es seindt zwey heßliche, widerwertige schätzger zusammen. Ich bin fro, daß sie keine kinder haben; es müsten naren werden. …

An die Raugräfin Louise, Paris, 5. 3. 1719

JOHANN WOLFGANG VON GOETHE 1749–1832

Dichter

So eilten wir durch Zweibrücken, das, als eine schöne und merkwürde Residenz, wohl auch unsere Aufmerksamkeit verdient hätte. Wir warfen einen Blick auf das große, einfache Schloß, auf die weitläufigen, regelmäßig mit Lindenstämmen bepflanzten, zum Dressieren der Parforcepferde wohleingerichteten Esplanaden, auf die großen Ställe, auf die Bürgerhäuser, welche der Fürst baute, um sie ausspielen zu lassen. Alles dieses sowohl Kleidung und Betragen der Einwohner, besonders der Frauen und Mädchen, deutete auf ein Verhältnis in die Ferne und machte den Bezug auf Paris anschaulich, dem alles Überrheinische seit geraumer Zeit sich nicht entziehen konnte. Wir besuchten auch den vor der Stadt liegenden herzoglichen Keller, der weitläufig ist, mit großen und künstlichen Fässern versehen.

Dichtung und Wahrheit, 1831

AUGUST GRAF VON PLATEN-HALLERMÜNDE 1796–1835

Dichter

Zweibrücken, am 24. Juni 1815.

In einem angenehmen Tale, zwei Stunden von Homburg, liegt Zweibrücken, das Vaterland unseres Königs. Die Stadt ist nicht schön, mehr aber die Vorstadt; die Straßen sind gleichwohl ziemlich breit. Man bemerkt bei jedem Schritte, wie sehr dieser Ort heruntergekommen. Das Schloß wurde zerstört 1792 durch die Franzosen. Es stehen nur noch die kahlen Mauern und hohen Fenster. Vor diesem Schloß in einer Allee mußten wir heute Nacht zwei Stunden wachen, wobei abgewechselt wurde. Es war von 1 bis 3 Uhr. Die Stadt und die Vorstadt sind durch ein Flüßchen geteilt, über das zwei Brücken führen …

Tagebuch

KARL KASPAR PITZ
1756–1795

Zweibrücken
Errichtung des Freiheitsbaumes, 1793
Zeichnung, aquarelliert
Stadtmuseum, Zweibrücken

ISAAK MAUS 1748–1833

Bauer, Dichter

…

Siehe zu, Herr Churfürst! würde unser Eigenthum heilig gehalten – die Gerechtigkeit treu und redlich verwaltet – wären die Steuern einfach und bestimmt und wir wüsten wohin sie kämen: – wir würden gerne zahlen, und Dir als einem redlichen Fürsten treu und gewärtig seyn. Wir bescheiden uns wohl, daß in einem Lande wie die Pfalz, der öffentlichen Ausgaben viel sind.
Aber, daß Deine Minister und Räthe, Deine Landsschreiber, Deine Ober- und Unterschultheisen, Zentgrafen, und wie alle das Raubgesindel heissen mag – unter Deiner Firma stehlen und den Unterthan brandschatzen, das wollen nun einmal die Pfälzer hier über'm Rhein nicht länger dulden.
Können und wollen unsere Brüder drüben es ruhig leiden; Glück zu! …

Ein überrheiner Bauersmann
an seinen Churfürsten zu München im Bayerland, 1792

HEINRICH HANSJAKOB 1837–1916

Pfarrer, Volksschriftsteller

...
Bald war ich mitten im Herzen des Pfälzerwaldes, in Johanniskreuz, einer einsamen Lichtung, auf der ein Forsthaus und ein Kurhaus friedlich beisammen liegen, und dessen Bewohner jeder Naturfreund beneiden muß.
Das Waldmeer weit hinauf und hinunter bis gegen Annweiler gehört zur sogenannten Frankenweide und umfaßt gewaltige Forste, wie sie der Schwarzwald in dieser geschlossenen Masse kaum aufweist.

Sommerfahrten, 1909

HUGO BALL 1886–1927

Schriftsteller

Abendblick vom Hochstein.

Es deckt mit seidnen Schleiern
Der Tag sein Oelbild zu:
Um Dorf und Acker fledert
Mausgraue Abendruh.

Fichtwald nimmt seinen Mantel
Und brummelt in den Bart.
Des Baches Blindschleich findet
Mehr kaum den Silberpfad.

Fermatenlang gezogen
Klimmt noch ein Bauernchor
Mit Spuk und Nebel kämpfend
Zu meinem müden Ohr.

Die Himmelsleute zünden
Nun blaues Feuerwerk
Und durch die weichen Dunkel
Trippelt Prinz Schlafezwerg.

1905

WILHELM VON KOBELL
1766–1853

Das Schloß in Trippstadt
Aquarell, um 1787
Kurpfälzisches Museum der Stadt Heidelberg

THOMAS CORYATE um 1577–1617

Reiseschriftsteller

Frankenthal

In Frankenthal sah ich, was ich noch nie gesehen und von dem ich nur gehört hatte, daß es in Nancy, der Hauptstadt von Lothringen, der Fall sei. Alle Häuser waren neu in dieser Stadt, die im Verlauf der letzten fünfzig Jahre von Grund auf erbaut wurde, wie ich schon in Speyer gehört hatte. Vorher war Frankenthal nur der Name eines Klosters gewesen. Dies ist fast ganz zerstört, nur die Kirche besteht noch, sie ist die einzige Kirche in der Stadt und gehört den Protestanten, die denselben Glauben bekennen wie wir in England, wo das Wort Gottes im wahren Sinne gepredigt wird und wo man die Sakramente in der richtigen Weise spendet. Ich sah eine schöne Straße in der Stadt im Schmuck all ihrer kürzlich errichteten Gebäude, die in ihrer Frische so hübsch anzusehen sind, und einen großen Marktplatz.

Die Venedig- und Rheinfahrt, 1608

FYNES MORYSON 1566– um 1618

Reiseschriftsteller

Frankenthal

Von da ritt ich eine Meile nach der Stadt Worms, die wegen vieler vor Alters dort abgehaltenen Reichstage berühmt ist. Und auf dem Wege kamen wir durch „Frankendale", ein kleines, neu und sehr hübsch gebautes Städtchen, das Casimir vor kurzem den Flamländern überließ, die dort viele schöne Häuser aus Backsteinen gebaut hatten und es dann mit einer Mauer umgaben. Und als Casimir die Erziehung seines Neffen gegen den Willen der Lutheraner übernahm, die diesen als Calvinisten verwarfen, nahm er einige der Flamländer zur Bewachung des Heidelberger Schlosses.

1617

KARL AUGUST FÜRST VON HARDENBERG 1750–1822

Preussischer Staatskanzler

Frankenthal

Den 14. Mit Schwicheldt und Freitag nach Frankenthal, einer antiquen Stadt, 3 Stunden von Mannheim gefahren. Unterwegs kommt man auf Oggersheim zu, woselbst ein Lust Schloß ist, welches die Churfürstin des Sommers bewohnt.
Frankenthal ist voll von neu angelegten Fabriquen und Manufacturen und der Churfürst steckt ein unsägliches Geld hinein. Der erste Minister H. v. Beckers poussiret diese Anlagen am mehrsten und unter ihm ein Secretaire intime Fontanesi. Man will vom Rhein einen Canal nach Frankenthal auf 2. St. Weges leiten und mit Gewalt das Commerce daselbst empor bringen. Es soll aber eben nicht sonderlich damit von Statten gehen. Indessen werden große Anlagen gemacht und ein paar tausend Menschen in Arbeit gesetzt. Itzt bauet man ein großes Lagerhaus. Der Churfürstl. Inspecteur der sämtl. Fabriquen H. de Ville führte uns herum.
Die Porcellan Fabrique geht völlig auf Churfürstl. Rechnung, man löset ohngefähr jährl. 10/m fl. und die Hälfte davon zahlt der Churfürst selbst für Porcellan. Die Modelle sind zum Theil recht artig und die Mahlerey gut. …

Tagebuch vom 14. Oktober 1772

Unbekannter Künstler
(I. K.)

„Prospect der Stadt Franckenthal
von der Landstrasse nach Manheim"
Aquarellierte Federzeichnung, um 1772
Erkenbert-Museum, Frankenthal

GEORG LITZEL 1694–1761

Lehrer, Altertumsforscher

Speyer

§.14. Nun will ich die Geschichte von der Erfindung und Aufnahme des köstlichen Rulandsweins erzehlen. Als unser Ruland etliche Jahre den bemeldten Garten in Besitz gehabt, und zween Rebstöcke, davon einer noch jetzo vorhanden ist, von unkantbarm Namen darinnen gefunden, hat er sich entschlossen, die Trauben besonders zu lesen, auszupressen, und den Wein in ein klein Fäßlein zu legen. Er that es auch, und legte das Fäßlein in den Keller des Gartenhauses. Der folgende Sommer war sehr heiß, Mann und Weib waren im Garten, und bekamen Durst. Sie erinnerten sich ihres Fäßleins, und wolten ein Probe von dem Wein machen. Der Wein war süß und lieblich, und ehe sie es sich versahen, war er ihnen im Kopf. Es mag ihnen fast ergangen seyn wie dem Noah, da er das erstemal seinen Wein kostete.
§.15. Des andern Tags hat sich der Ruland über das heimliche Feuer des Weins verwundert. Er hat sich deswegen vorgenommen, von diesen beyden Stöcken noch mehrere zu pflantzen. Bald anfänglich hat er von den jungen auf den von dem Rector Seuffert erkauften Acker auf der Landauer Strasse etliche gesetzet. Aber ein gewisser Gärtner hat sie ihm aus Neid u. Mißgunst, doch zu seinem eigenen grossen Schaden, abgeschnitten, und ihn um diese gute Art zu bringen gesucht.
§.16. Die Pflantzung der jungen von den alten behielte doch ihren Fortgang, und es wurde endlich eine Handelschaft daraus. Jederman wolte davon haben, und Ruland verkaufte das hundert zu 8. biß 10. Gulden. Er bereicherte sich damit.

Karr, Friedel, Zenck und andere haben ihre Aecker und Gärten damit angefüllet. Friedel hat viele Einleger gemacht, und damit mehr als der Ruland gehandelt. Man hat sie in das Gebürge und in andere Landschaften gehohlet, und von denselben indessen viele hundert Futer Wein gemacht. Erst An. 1750. hat hiesiger Hr. Joh. Casp. Petsch einen Garten von 3. Morgen damit angeleget. Der Weinstock ist sehr fruchtbar. Die Trauben sind braun, und die Beere nicht gar zu groß: sind aber dünnhäutig und geben viele Brühe. Doch weil der Wein sehr zart ist, ist es gut, wenn auch Rüßling, Dramänner, oder anderer rauher Wein darunter kommt, damit er sich desto länger halte.

§.17. Man muß aber nicht glauben, als ob allein der Rulandswein am Rhein und zu Speyer gepflantzet werde. Es sind noch andere Arten der Weinstöcke, die gut und im Gebrauch sind. Ich will sie nur, wegen Enge des Raums, den Namen nach anzeigen. Es sind Rüßling, Tramänner, Feldliner, Muscateller, Gut-Edel, Malvasier, Burgunder, Möhrlein oder Frühschwartz, Gänßfüsser, Frentsch, Alben.

§.18. Ausser dem Weinstock sind auch Obstbäume, die Wein geben. Dieses geschiehet zwar nicht ordentlicher Weise. Man gebrauchet die Aepfel und Birn zum Essen. Aber wenn dieser eine erstaunende Menge vorhanden ist, daß man nicht weiß, womit hin, so keltert man sie. Im vergangenen Herbst 1757. ist ein solcher Überfluß von Obst da gewesen, daß man nicht Keller genug hatte, dasselbe aufzubehalten, und man muste Gefahr lauffen, daß es verfaule. Dahero hat man es unter die Kelter gethan, und mancher Burger zu Speyer hat 4. biß 10. Futer Aepfelwein gemacht, der alle gar süß und lieblich zu trinken und ausser dem Feuer fast dem Gewächs des Weinstocks zu vergleichen ist. Dem Höchsten sey Preiß und Danck; daß er uns zu Speyer in die Rheinische Lande gesetzet; in ein Canaan, da Milch und Honig innen fleust.

Historische Nachricht von dem Rheinwein überhaupt,
und besonders von dem Speyerer und Rulandswein,
1758

VICTOR HUGO 1802–1885

Französischer Dichter

Was soll ich Ihnen von Speyer berichten oder von Spira, wie die Römer es nannten? Neomagus heißt es in der Legende. Augusta Nemetum nennt die Geschichte es. Speyer ist eine berühmte Stadt. Cäsar hat dort sein Lager aufgeschlagen, Drusus hat den Ort befestigt, Tacitus hat von ihm gesprochen, die Hunnen haben ihn niedergebrannt, Konstantin hat ihn wieder aufgebaut, Julian hat ihn vergrößert, Dagobert hat einen Tempel des Merkur in ein Kloster verwandelt. Otto I. hat dort für die Christenheit das erste Ritterturnier veranstaltet, der Salier Konrad hat Speyer zur Hauptstadt des Reiches gemacht, Konrad II. hat es zur Grablege der Kaiser erhoben. Die Templer, die dort eine schöne Ruine hinterließen, haben hier ihre Funktionen als Grenzposten erfüllt.
Alle Menschenströme, die Europa verwüstet und befruchtet haben, sind durch Speyer gezogen: in den ersten Jahrhunderten nach Christus die Vandalen und die Alemannen (alle Mannen, Menschen aller Rassen, sagt die Etymologie); in den letzten Jahrhunderten die Franzosen. Während des Mittelalters, zwischen 1125 und 1422, innerhalb von 300 Jahren, war Speyer elf Belagerungen ausgesetzt. So ist die alte karolingische Stadt schwer geschlagen worden. Ihre Privilegien hat sie verloren, ihr Blut und ihre Bevölkerung ist in alle Richtungen versprengt worden. Sie war Sitz des Reichskammergerichts, das dann nach Wetzlar verlegt wurde, Nachläufer der Reichstage werden jetzt in Frankfurt abgehalten. Speyer hat 30000 Einwohner gehabt, gegenwärtig hat es nur noch 8000.

1842

LORENZ JANSCHA
1746–1812

Speyer mit Dom von Nordosten
Aquarell, um 1798
Albertina, Wien

HUGO BALL 1886–1927

Schriftsteller

…

Ich bin doch gar kein Pfälzer. Ich bin doch irgendwoher aus dem Spessart und aus dem rheinischen Bauernblut. Wie es in einem pfälzischen Oberlandesgerichtsrat aussieht, habe ich Gottlob nie erfahren. Ich glaube Dir auf's Wort, daß die Bauern aus Schnaitsee sympathischer sind. Aber der Wald um den Wasigenstein herum, und schon vorher, das ist trotz aller Krähwinkelei sehr schön. Schade, daß der Wasigenstein jetzt den Franzosen gehört. Dort oben unter turmhohen Buchen – oh, ich weiß nicht, ob Du das kennst. Das gibt es in Schnaitsee wohl nicht. Wenn man das Unglück hat in der Pfalz geboren zu werden, dann muß man immer im Wald herumlaufen, das ist die einzige Rettung …

Brief vom 4. 1. 1924

…

Sollte ich ganz offen sein, so müßte ich gestehen, daß mir die kleine symbolische Grenadier- und Fabrikstadt kaum jemals als günstiger Mutterboden gerade für Dichter und Denker erschienen ist. …

Aus einem Brief an Roland Seffrin, 1926

HEINRICH BÜRKEL 1802–1869

Maler

Ich war anno 1836 zum letzten Male in meinem Geburtsort Pirmasens und habe mich überzeugt, wie entfernt man noch von Kunstbegriffen ist, – ich hatte Mühe, die Leute zu überzeugen, daß man sich auch damit (mit der Malerei) auf eine verständige Weise ernähren kann. Ein reicher Gerber, mein Onkel, glaubte doch nicht, daß die Sache mit rechten Dingen zugeht. Es soll nun reiche Leute dort geben und Wohlstand herrschen. Sie meinen, ich müßte ihnen etwas malen, weil ich es Pirmasens zu verdanken hätte. Bis zur Stunde ist dort nicht nagelgroß von mir – ich galt auch dort als ein Curiosum.

Brief vom 22. 12. 1866 an den Landrichter Georg Reiffel in Kaiserslautern

ROLAND BETSCH 1888–1945

Schriftsteller

Ein jeder trägt seine Heimat im Herzen und das Wunder der inneren Stimme, der vergrabenen Sehnsucht und des kreisenden Heimwehs, alle diese, sein ganzes Leben bewegenden Gefühle sagen ihm deutlich, wohin er sich zu wenden hat, um zu Hause zu sein.
Wenn dies Wahrheit ist, dann kann ich nur ein echter Pirmasenser sein, weil diese Stadt auf meiner Lebenswanderschaft – umso stärker, je älter ich werde – mich immer wie eine geistige Zuflucht begleitet hat.
In trüben sowohl als auch in hellen Stunden der Nachdenklichkeit und Einkehr ist mir immer wieder die Stadt der Grenadiere und der Schuhfabriken als die Stätte meiner Herkunft erschienen, und so muß es wohl auch sein, Ihr mögt Euch wehren, wie Ihr wollt.

1941

Unbekannter Künstler

Blick auf die Stadt Pirmasens
Aquarell, um 1811
Historisches Museum der Pfalz, Speyer

WILHELM HEINSE 1746–1803

Dichter

Bis Landau gibts immer schöne Aussichten an die Berge, wo Wein auf den Feldern wie bei Düsseldorf Kleesaaten mit Kornfeldern abwechselt.
Landau ist eine der stärksten Festungen in Frankreich. 1702 nahmen es die Deutschen ein, 1703 wieder die Franzosen, 1704 wieder die Deutschen und 1713 wieder die Franzosen ein, von welcher Zeit an bis jetzt sie es auch behalten und immer mehr befestigt haben. Die Gegend darum ist äußerst fruchtbar, und mitten durch Landau fließt die Queich, die zwischen zwei Bergen hinein kömmt und nicht kann abgegraben werden. Erst jüngst sind von Frankreich 280 metallene Kanonen hingekommen. Die Hauptwerker kennt nur der Kommandant. In Landau liegen jetzt nur tausend Mann vom Regiment Elsaß und fünfhundert Husaren …
Man sagt von Landau, daß in den langen Sommertagen von so viel Ortschaften, als Tage im Jahre sind, nach Landau auf den Markt und wieder nach Hause gehen könnten. …

1780

JOHANN GOTTFRIED SEUME 1763–1810

Schriftsteller

Landau

Nun fuhren wir über Weißenburg, Landau, Worms und so weiter nach Mainz. Nach meiner alten Gewohnheit lief ich bei dem Wechsel der Pferde in Landau voraus und hatte wohl eine Stunde Weges gemacht. Die Deutschen der dortigen Gegend und tiefer jenseits des Rheins herauf haben einen gar sonderbaren Dialekt, der dem Judenidiom in Polen nicht ganz unähnlich ist. Ich glaube doch ziemlich rein und richtig Deutsch zu sprechen; desto schnurriger mußte es mir vorkommen, daß ich dort wegen eben dieser Aussprache für einen Juden gehalten wurde. Ich saß nämlich unter einem Nußbaum und aß Obst, als sich ein Mann zu mir setzte, der rechts hereinwanderte. Ich fragte, ob ich nicht irren könnte, und ob die Diligence hier notwendig vorbei müßte? Er bejahte dieses. Ein Wort gab das andere, und er fragte mich in seiner lieblichen Mundart: „Der Härr sain ain Jüd, unn rähsen nacher Mähnz?" – „Ich reise nach Mainz aber ich bin kein Jude. Warum glaubt Er, daß ich ein Jude sei?" – „Wähl der Härr okkeroth sprücht wü ain Jüd." Man hat mir zu Hause wohl manches Kompliment über meine Sprache gemacht, aber ein solches war nicht darunter.
Von der Gegend von Weißenburg kann ich militärisch nichts sagen, da es noch ziemlich finster war, als wir dort durchgingen. Landau ist weiter nichts als Festung, und alles, was in der Stadt steht, scheint bloß auf diesen einzigen Zweck Beziehung zu haben.

Spaziergang nach Syracus, 1803

GOTTLIEB KONRAD PFEFFEL 1736–1809

Dichter, Pädagoge

Landau

...
Als ich zu Landau hinausfuhr, fand ich einige Straßen überschwemmt, aber kein Wasser in den Wallgräben. Es war natürlich, nach der Ursache dieser Erscheinung zu fragen. Unser Oberingenieur, hieß es, weigert sich, die Schleusen zu öffnen, damit die Gräben nicht verschlämmt werden, und dieser angebliche Eifer für den Dienst des Königs hat uns voriges Jahr eine Flut zugezogen, welche die ersten Stockwerke eines ganzen Quartiers unter Wasser gesetzt und an der Gesundheit der Einwohner noch mehr als an den Häusern gestört hat. Vergebens schrieb man nach Versailles und Straßburg. Der Wügrangel, welcher dem Könige lieber 1000 Taler als hundert Familien spart, hat das Ohr der Oberen in seiner Gewalt und vermutlich wird die unglückliche Stadt auch jetzt vergebens schreien. Denn kurz nach meiner Abreise stieg die Ueberschwemmung noch weit höher als im vorigen Jahre. Dieses geschieht unter Ludwig XVI. Was wäre unter Karl IX. geschehen?
Nun verließ ich den vaterländischen Boden, und wenn ich's nicht gewußt hätte, so würden mich gar bald die Weghummeln und Zöllner daran erinnert haben, die mir in einem Striche von sechs Stunden für den Kurfürsten von der Pfalz, den Bischof von Speyer und für die Reichsstadt dieses Namens auf einer sehr bösen Straße siebenmal Weggeld und einmal Brückengeld abforderten. ...

Reise in die Pfalz 1783

Unbekannter Künstler

Ansicht der Stadt Landau
Blautoniges Deckfarbenbild, Anfang 19. Jahrhundert
Historisches Museum der Pfalz, Speyer

FRIEDRICH CHRISTIAN LAUKHARD 1758–1822

Pfarrer, Soldat, Schriftsteller

Landau

Auf dem Gemeindhause waren alle Wände bedeckt mit Dekreten und Verordnungen, täglichen Nachrichten u. dgl. Nun fand es sich, daß manche, wenn sie oben das Bedürfnis, aufs Häuschen zu gehen, spürten, im Herabgehen einen Zettel von der Wand abrissen. Es wurde also öffentlich durch den Ausrufer angesagt, daß, wer künftig auf der Straße oder auf dem Rathause einen angeschlagenen Zettel abreiße, eine achttägige Haftstrafe zu gewarten habe. Herrmann, ein Zukkerbäcker und Mitglied der Munizipalität, wurde darüber ertappt und nun nicht nur auf acht Tage eingesteckt, sondern auch seines Amtes entsetzt.

Leben und Schicksale von ihm selbst erzählt, 1792

AUGUST BECKER 1828–1891

Schriftsteller, Begründer der pfälzischen Volkskunde

Kaiserslautern

Kaiserslautern ist eine der wichtigsten Städte der Pfalz, im Herzen des Landes, am Vereinigungspunkt der wichtigsten Straßen und Pässe, an der Eisenbahn und Kaiserstraße gelegen. Die günstige Lage bringt denn auch viel Leben in die gewerbsame Stadt. Sie ist die erste Bierstadt der Pfalz, und diesseits des Rheines überhaupt, da das „Lauterer Bier" bereits ein Handelsartikel geworden ist. …
Die Stadt ist sehr alt und kam vom Reich an die Pfalz. Schrecklich duldete sie im Dreißigjährigen Krieg; 1621 drangen die Spanier in die Stadt und hingen einige Bürger auf. Zehn Jahre später kamen die Schweden, vier Jahre später wurde der Platz von den Kaiserlichen unter dem Grafen Hatzfeld erstürmt, Besatzung und Einwohner niedergehauen und die Stadt von 7000 wilden Kroaten und Wallonen drei Tage lang geplündert. Die Franzosen eroberten die Stadt 1688. Anno 1702 sprengten sie den alten Kaiserpalast, 1713 erstiegen sie die Stadt wieder zur Nachtzeit und der kurpfälzische Obrist Wolf wurde im Schloß gefangen. Der französische Revolutionskrieg sah hier mehrere seiner Hauptschlachten schlagen.
Unter den älteren Gebäuden der engen, finsteren Stadt ragt die große gotische Stiftskirche hervor mit ihren drei Türmen. Ihren Ursprung leitet man bis zu Friedrich Barbarossa zurück. Sie ist die Mutterkirche der pfälzischen Union.

Die Pfalz und die Pfälzer, 1858

FRIEDRICH BLAUL 1809–1863

Theologe, Schriftsteller

Stauf

Die südliche Anhöhe bestiegen wir jetzt, um nach dem nahen Stauf und in das Tal des Eis zu gelangen. Wir warfen noch einen Blick auf den Turm, vielleicht den schönsten Überrest der gotischen Baukunst in Rheinbayern, zurück, dann verschwand das ganze Bild hinter uns und nach einer Viertelstunde waren wir höher oben auf dem Felde des kleinen, armseligen Dörfchens Stauf. Die Aussicht von diesem Rücken ist schön, ohne gerade überraschend zu sein. Unmittelbar vor den Augen liegt Stauf, zum Teil auf der Stelle der ehemaligen Burg, die bis auf einige unbedeutende Spuren verschwunden ist; zur Rechten blickt man hinunter in einen weiten, fruchtbaren Talgrund, in welchem das Dorf Ramsen liegt, und der rings von Bergwäldern geschlossen ist, über die sich wieder einige fernere Häupter heben; zur Linken die Fortsetzung dieses Tales und darin die stattlichen Gebäude, welche zu dem Gienanth'schen Hüttenwerke bei Eisenberg gehören, und dahinter ein hoher bis zum Gipfel angebauter Bergrücken, an dessen halber Höhe das Dorf Wattenheim hängt.

Träume und Schäume vom Rhein, 1838

CHRISTIAN PHILIPP KOESTER
1784–1851

Eisbachtal mit Burgruine Stauf
Oel auf Leinwand, um 1810
Kurpfälzisches Museum der Stadt Heidelberg

WILHELM HEINRICH RIEHL 1823-1897

Journalist, Professor für Kulturgeschichte

Ludwigshafen

Wenn uns der Pfälzer selbst erzählt, daß es in seinem Land eine neue Stadt gebe, so jung, daß sie noch keinen Gottesacker habe, doch aber schon zeitweilig ein Tivolitheater; eine Stadt, die als Gemeinde beiläufig vierzehn, als Stadt nicht volle vier Jahre alt sey, und doch fühlten sich daselbst die Bürger, welche schon etwa fünf Jahre am Platze wohnen, in einer patricischen Stellung als „Altdahiesige" gegenüber den vielleicht erst seit drei Jahren angesessenen „Dahiesigen" und gar angesichts der erst seit Jahresfrist „Hergelaufenen", eine Stadt, die Pflastergeld erhebe, obgleich sie noch gar kein Pflaster aufzuweisen habe, und deren Marktplatz vor wenigen Jahren noch dergestalt von Wasserlöchern durchfurcht gewesen sey, daß man sprüchwörthlich sagte, ein Pferd könne auf dem Markt ersaufen: wenn uns in solchen und noch viel derberen Zügen ein Pfälzer das ächt amerikanische Bild der Stadt Ludwigshafen schildert, wie sie mit einer im Inneren Deutschlands unerhörten Schnelligkeit binnen zehn Jahren aus dem Boden gewachsen ist, dann kann man wahrhaftig doch nichts besseres thun, als diese Worte voll Witz und Wahrheit buchstäblich niederschreiben.
Man muß freilich auch noch die positiven Züge hinzufügen: die merkwürdige Concentrirung des Verkehrs an diesem vordem bedeutungslosen Punkte, die Regsamkeit der Einwohner, den hohen Häuserwerth trotz der vielen Neubauten, die enormen Miethpreise, die Rentabilität manches rasch vollendeten Hauses zu zwölf bis fünfzehn Procent, die Bevölkerungszunahme, das äußere Gepräge einer

ächten Handelsstadt, welches die wenigen ungepflasterten Straßen von Ludwigshafen mehr auszeichnet, als die Straßen irgendeiner andern Stadt in der Pfalz. So wird das originelle und anziehende Bild dieses Fragments einer Großstadt leibhaftig, die dem Verkehr des Landes neue Bahnen gezeichnet hat und doch, menschlich gedacht, erst gerade alt genug wäre, um confirmiert zu werden.

Die Pfälzer, 1857

FRIEDRICH VON SCHILLER 1759–1805

...

Noch dato war ich nirgend als in Oggersheim, wo die Kurfürstin wirklich residiert und man mir das Schloß und den Garten gezeigt hat.
In dem Wirtshaus, wo ich im vorigen Jahr sieben Wochen gewohnt habe, bin ich auf eine Art empfangen worden, die mich recht sehr gerührt hat. Es ist etwas Freudiges, von fremden Leuten nicht vergessen zu werden.

...

Brief vom 11.8.1783 an Frau von Wolzogen

FRIEDRICH HÖLDERLIN 1770–1843

Dichter

Oggersheim

...Wir kamen durch die schönste Alleen nach Okkersheim, wo der Churfürstin ihr Sitz ist.
Ich kam hier in das nemliche Wirtshaus, in welchem sich der große Schiller lange aufhielt, nachdem er sich aus Stutgard geflüchtet hatte. Der Ort wurde mir so heilig – und ich hatte genug zu thun, eine Träne im Auge zu verbergen, die mir über die Bewunderung des großen genialischen Dichters ins Auge stieg.
Von dem Lustschloß der Churfürstin kann ich nichts eigentliches sagen – ich sah' nichts – als Häuser und Gärten, dann Schiller gieng mir im Kopf herum ...

1787

F. VELL

Ludwigshafen, Rheinschanze
Aquarell, 1825
Stadtmuseum, Ludwigshafen

ELISABETH CHARLOTTE, HERZOGIN VON ORLÉANS LISELOTTE VON DER PFALZ 1652–1722

St. Clou, den 3. May 1721.

... Ich bin in allem auch in essen undt drincken, noch gantz teutsch, wie ich all mein leben gewessen. Man kan hir keine gutte pfanenkuchen machen, milch und butter seindt nicht so gutt, alß bey unß, haben keinen süßen geschmack, seindt wie wasser; die kreutter seindt auch nicht so gutt hir, alß bey unß, die erde ist nicht fett, sondern zu leicht undt sandig, daß macht die kreutter, auch daß graß, ohne starcke und daß vieh, so es ist, kan also keine gutte milch geben, noch die butter gutt werden, noch die pfanen-kuchen. Auch haben die frantzosche koche den rechten griff nicht dazu. Wie gern wolte ich den pfanen-kuchen von Ewer cammer-magtgen essen! Daß sollte mir besser schmecken, alß alles, was meine köche machen. Von ihnen esse ich schir nur schlechtweg essen, alß gebrattene, niehrenbratten, hammelfleisch, lammerfleisch, gebrattene hühner, welsche hühner, ganße undt enten; den hamelschlegel esse ich ordinari mitt salat ...Ich weiß noch alle psalmen undt geistliche lieder, so ich mein leben gewust, undt singe sie in meiner cammer, auch offt in der kutsch; ich habe noch meine Bibel, psalmbücher undt lutterische lieder-bücher, kan also singen, so viel ich will. Ich habe hoch von nöhten, daß mir gott daß gedachtnuß sterckt; den ich fühle, daß mein gedächtnuß abscheulich abnimbt; ich kan keinen nahmen behalten, glaube, daß ich baldt meinen eygenen vergessen werde. Ich bitte taglich den almachtigen, meinen sin undt gedancken zu regieren, nichts zu thun noch zu gedencken, alß waß mir zu meiner seeligkeit dienlich ist, undt mich in meinem alter nicht zu verlassen; auch ist daß ende von meinem gebett nach dem unßer-vatter: „Ach Herr, verlasse mich nicht, auff daß ich dich nicht verlasse! ...

Brief an die Raugräfin Luise

FRIEDRICH CHRISTIAN LAUKHARD 1758–1822

Pfarrer, Soldat, Schriftsteller

Über Lutherische Pfarrer in der Pfalz

Die Lebensart dieser Leutchen ist – abscheulich. Saufen, das charakteristische Laster der Pfalz, ist auch ihre Sache; da sitzen sie in den Dorfschenken, lassen sich von den Bauern traktieren, saufen sich voll und prügeln sich mitunter sehr erbaulich. So bekam der Pfarrer Weppner zu Alsheim einst so viele Prügel in der Schenke, daß er in drei Wochen nicht predigen konnte. In einem anderen Lande würden derartige Skandale verdrießliche Konsequenzen ziehen; aber in der Pfalz nimmt man's so genau nicht. Ich rede aber, was sich von selbst versteht, nicht von allen und jedem, sondern vom größten Haufen.
Die reformierten und katholischen Herren sind nicht viel besser, was nämlich ihre Sitten und Kenntnisse betrifft, ob sie gleich besser gekleidet gehen, besseren Wein trinken, und, der guten Atzung wegen, auch dickere Bäuche haben als die lutherischen.

Leben und Schicksale von ihm selbst erzählt, um 1780

(?) ELWERT (Daten unbekannt)

Frankenthal ist einer der angenehmsten Orte der Welt. Die Stadt ist sehr regelmäßig und schön gebaut. Durch die meisten Straßen laufen Alleen von Lindenbäumen. Man sieht nur wenige Ruinen von alten Gebäuden.
Die Fabriken, die man kürzlich hier angelegt sind bekannt. Mich interessierte besonders die Porzelin Fabricke. Ein ungeheuer großes Gebäude ist dazu angewandt. Wir sahen auch den Saal, in dem die Formen gemacht werden, es arbeiten hier 12 Menschen. Dann die Malerstube. Sie haben ungefähr 15 der geschicktesten Maler. Die Malerei zu Frankenthal soll selbst die zu Dresden und Berlin übertreffen. Die Künstler verbessern jetzt den alten Fehler, bloß moderne französische Figürchen und unnützes Zeug zu formen und zu malen, sie bilden jetzt lauter Antiken nach z. B. einen Alexanderkopf, den der Ritter von Verschaffelt zu Mannheim in Spanien zerknickt aufgefunden und nachher ergänzt hat. Das Gesicht ist in höchster Mannsheit voller Kraft, ich möchte den Kopf über den des Apollo in Belvedere setzen. Auch formen sie antike Vasen und Urnen nach, von denen man meist das Stück in Weis um 2 neue Louisdor kauft. Der Kurfürst will übrigens die Fabrik ganz allein zur Pracht für sich halten, deßwegen hat man so hohe Preise auf die Arbeiten gesetzt, daß sie selten ein Privatmann kaufen kann. Man verkauft hier sehr schön gemalte Tassen um 30 fl.

1782

JOSEPH GOETZLER

Frankenthaler Kanalhafen um 1830
Oel auf Karton
Erkenbert-Museum, Frankenthal

AUGUST BECKER 1828–1891

Schriftsteller, Begründer der pfälzischen Volkskunde

Dürkheim

Hier sind wir wieder so recht in den Mittelpunkt des deutschen Paradieses, des „Wonnegau's", gelangt. Am Ausgang eines der schönsten und an wilden und anmutigen Stellen, an historischen Erinnerungen reichsten Täler der Pfalz, im Angesichte der prachtvollsten Klosterruine Deutschlands, vor der großen Rheinebene zwischen den vorzüglichsten Rebhügeln, so recht mitten im reichsten und besten Weinlande gelegen, hat diese Stadt von jeher die Aufmerksamkeit aller Naturfreunde und Touristen auf sich gezogen. Dürkheim ist eine der belebtesten Städte der Pfalz. Es liegt in einem hügeligen Weingarten, der die edelsten Weine liefert und sich zu beiden Seiten an den Vorbergen und auf den Hügeln der Haardt in einer Länge von zehn Stunden hinzieht. Links hinab Ungstein, Kallstadt, Herxheim, rechts hinauf Wachenheim, Forst, Deidesheim, Ruppertsberg und andere Orte – wer kennt sie nicht, die reichlich spendenden Quellen des feurigen und doch milden, des edlen Pfälzerweins?! Und wem hätte der Dürkheimer nicht selbst als einer der besten unter den guten gemundet?
Wenn sich darum Dürkheim nach und nach zu einem der besuchtesten Solbäder und bedeutendsten Kurorte emporschwingen wird, wen will es noch wundern, da alle Bedingungen hierzu – mildes südliches Klima, herrliche Umgegend, heitere Bewohnerschaft und ausgezeichnete Traubensorten – vollständig erfüllt sind. Die Straße von Mannheim über die vor uns liegende reizende Ebene herüber, die Haardtstraße und die Talstraße nach Frankenstein führen denn auch dem reichgesegneten Orte in den Sommer- und Herbstmonaten täglich zahlreiche Gäste

zu, die dann sicher nur ungern scheiden, wenn sie einmal den ganzen Reiz eines Dürkheimer Aufenthaltes erkannt haben.
Große Vorteile erlangte Dürkheim, als im vorigen Jahrhundert die nunmehrigen Fürsten von Leiningen ihre Residenz hierher verlegten. Ein schönes Schloß wurde gebaut, Lustgärten und neue Straßen angelegt, und unter dem kunstsinnigen Erbprinzen Carl Wilhelm, einem enthusiastischen Verehrer der neu aufblühenden deutschen Muse, sogar ein Theater errichtet, auf welchem der Hausfreund des Fürsten, Iffland von Mannheim, oft auftrat.
Über den Brühlwiesen erhebt sich voll der edelsten Rebsorten der Michelsberg, welcher die Michelskapelle trug, an deren Kirchweih sich der lustige Michels- oder Wurstmarkt knüpft. Er wird aus weitester Ferne besucht und stets noch auf den Brühlwiesen abgehalten. Wer die Pfälzer in ihrer lautesten Heiterkeit und Jovialität, in ihrem Witzreichtum und ihrer Brüderlichkeit, in ihrer Zungenfertigkeit und Kehlenkraft, in ihrem wirklich erstaunlichen Wurstappetit und noch erstaunlicheren Trinkvermögen kennen lernen will, der besuche den Dürkheimer Wurstmarkt. Dazu der taumelnde Klang der Tanzmusiken, der betäubende Lärm der Orgelmänner und der Schaubuden, der Jubel eines ohnehin lebhaften Volkes, den von Wein- und Wurstduft belebten Gesang der verschiedensten städtischen und ländlichen Gruppen, das Gewühl zwischen den Marktbuden und die ungemeine Herzlichkeit, die sich auch manchmal etwas derb auszudrücken pflegt. Wer nach lustigen Tagen verlangt, der findet sie hier gewiß.

Die Pfalz und die Pfälzer, 1858

FRIEDRICH BLAUL 1809–1863

Theologe, Schriftsteller

Wolfstein

Der Glanzpunkt des ganzen Tales aber, der, welcher alle Schönheiten desselben in einen engen Rahmen zusammenfaßt, ist der Flecken Wolfstein mit seiner Umgebung. Nicht fern von einer einsamen Kirche nahe der Landstraße, dem einzigen Überbleibsel des spurlos verschwundenen Dorfes Zweikirchen, macht die Straße eine leichte Krümmung, und überrascht bleibe ich vor einem köstlichen Bilde stehen. Da unten in einem tiefen grünen Kessel, in dessen Wiesengrunde nur Weiden, Pappeln und Erlen den Lauf des Baches bezeichnen, liegt Wolfstein, teilweise hinter Bäumen versteckt, unmittelbar über den Häusern des Ortes die Ruine der Burg Neuwolfstein und auf weniger als Schußweite hinter ihr die kleine Feste Altwolfstein mit ihrem einzigen, gebrochenen Turm und den spärlichen Mauerresten auf einer dunkelgrauen, zackigen, schroff abschüssigen Felswand, die ihren Fuß in tiefen Laubwald senkt. Zur Linken erhebt sich ein beträchtlicher Berg mit einer jähen, kahlen Spitze, zur Rechten aber zieht sich im Bogen um den schönen Wiesengrund ein sanftgewölbter Rücken mit wohlbebauten Feldern, als wolle er die düstere Wildheit des Gemäldes einigermaßen mildern. Um aber den eigentlichen Charakter des Ganzen nicht allzu viel zu schwächen, hebt auch über diesen sanfteren Hügelrücken sich wieder ein belaubtes Berghaupt empor. So einigen sich in diesem engen Rahmen die verschiedensten Reize, um ein Bild hervorzubringen, das zu den malerischsten des Landes gehört.

Träume und Schäume vom Rhein, 1838

GEORG PHILIPP SCHMITT
1808–1873

Dorf und Burg Wolfstein
Aquarell, 1831
Kurpfälzisches Museum der Stadt Heidelberg

JAMES FENIMORE COOPER 1789–1851

Amerikanischer Schriftsteller

Limburg

...

Wir kletterten bergan, wanden uns durch die Terrassen, auf denen Rebstöcke und Gemüse gepflanzt wurden, und erreichten bald die natürliche Platform. Der Gipfel bot uns eine herrliche Aussicht, die ich übrigens an einem geeigneteren Orte schildern will. Die ganze Fläche des Hügels zeigte Spuren von der früheren Ausdehnung der Abtei, da eine Mauer dieselbe umschlossen hatte; die Hauptgebäude aber standen und stehen zum Theil noch auf der Anhöhe, und ziehen sich bis an den Rand des östlichen Absturzes. Die Ueberreste waren noch immer zureichend, um die ursprüngliche Großartigkeit der Bauten erkennen zu lassen. Ungleich den meisten Ruinen am Rheine war das Gebäude kunstgerecht behandelt, und nicht nur massiv, sondern auch aus dem vorerwähnten schön behauenen Sandsteine errichtet, der in endlosen Schichten durch die ganze Gegend vorkömmt. Die Kapelle war noch leidlich gut erhalten; außerdem entdeckte ich noch das Refektorium, diesen unerläßlichen Tröster mönchischer Abgeschiedenheit, mehrere Gebäude, welche augenscheinlich die Schlafgemächer bargen und einige Spuren der Kreuzgänge. Auch ist noch ein zum Schwindeln hoher Thurm von kirchlicher Form vorhanden, der hinreichend dazu dient, den Ruinen Charakter zu verleihen.

Die Heidenmauer, 1866

JAMES FENIMORE COOPER 1789–1851

Amerikanischer Schriftsteller

Hartenburg

…
Den schönsten Anblick bot jedoch weiter innen ein verfallenes Schloß, das auf einer natürlichen Terrasse oder vielmehr auf einem Felsenvorsprung an der Seite eines der nächsten Berge lag. Der Weg führte unmittelbar unter seinen Mauern vorbei und konnte von den Zinnen aus mit Pfeilen bestrichen werden, – also augenscheinlich eine Oertlichkeit, welche die Erbauer nur in der Absicht gewählt hatten, um die Landstraße am besten beherrschen zu können. Ich bedurfte der Erklärung des Führers nicht, um in dieser Ruine das Schloß Hartenburg zu erkennen. Es stand noch massenhafter da, als die Ueberreste der Abtei, und war aus demselben Material, obschon augenscheinlich in verschiedenen Jahrhunderten gebaut: der eine Theil sah nämlich unregelmäßig und roh aus, wie die meisten Bauten des Mittelalters, während noch außerdem zierlichere Thürme mit Schießscharten zum Gebrauch der Artillerie vorhanden waren. Eine der Kanonen konnte vielleicht unter einem Winkel ihre Kugeln nach der Plattform des Abteihügels werfen, obschon nur mit wenig Gefahr für die jetzt zertrümmerten Mauern.

Die Heidenmauer, 1866

JAMES FENIMORE COOPER 1789–1851

Amerikanischer Schriftsteller

Bad Dürkheim

... als der Kirchthurm von Dürkheim unter den Weinbergen auftauchte; denn gegen den Fuß des Gebirges hin wird das Land wellenförmig und bietet der Kultur des Weines günstigen Boden. Der Ort schien uns beim Näherkommen nur wenig zu versprechen; aber der Postillon hatte uns versichert, daß die Post ein Gasthaus sei, in dem ein König logieren könne, und der Wein – nein, für diesen wußte er keinen höheren Lobspruch, als ein Schwenken seiner Peitsche, ein sehr beredter Ausdruck des Wohlbehagens für einen Menschen seiner Klasse. Wir verhandelten zweifelnd die Frage, ob wir weiter reisen oder Halt machen sollten, bis zu dem Augenblicke, als der Wagen vor dem Schilde des Ochsen anfuhr. Ein wohlhabend aussehender Bürger trat in die Thüre, um uns zu empfangen. Die Beleibtheit des Mannes, welche kein übles Abbild in dem Wirthshauszeichen hatte, schien uns Bürgschaft zu leisten für eine gute Labung, ...

...

Der Ochsenwirth hatte uns in Nichts getäuscht. Die Speisen waren vortrefflich und wurden in einer bis zur Verschwendung reichlichen Menge aufgetragen. Die Flasche alten Dürkheimers hätte wohl für Johannisberger oder für den noch köstlicheren Steinberger, wie man ihn zu London oder New-York trinkt, gelten können; dazu verlieh die einfache und wohlmeinende Höflichkeit, mit der Alles servirt wurde, dem Mahle eine besondere Würze.

Die Heidenmauer, 1866

(?) HASENEDER

James Fenimore Cooper's Ankunft und erste Weinprobe im Gasthaus „Zum goldenen Ochsen" in Bad Dürkheim 1832
Aquarell
Stadt Bad Dürkheim

JAMES FENIMORE COOPER 1789–1851

Amerikanischer Schriftsteller

Limburg

Während wir den Limburger Berg hinabstiegen, kürzte uns Christian Kinzel den Weg, indem er uns die Volkssagen über die gesehenen und die noch zu besuchenden Punkte mittheilte.

Seiner Erzählung zufolge hatten die frommen Mönche, als sie den Plan zur Erbauung ihres Klosters entwarfen, einen Vertrag mit dem Teufel gemacht, kraft dessen sich Vater Beelzebub verpflichtete, die Steine für ein so umfangreiches Werk zu brechen und sie die steile Höhe hinanzuschaffen. Der Preis, durch welchen der böse Geist für die Unternehmung einer derartigen Arbeit gebeitzt werden sollte, bestand in dem Versprechen, aus den Steinen ein Wirtshaus zu bauen, in welchem ohne Zweifel eine maßlose Quantität Rheinwein verschluckt, der Mensch um seine Vernunft betrogen und so die unbeschützte Seele den gewöhnlichen Angriffen des Versuchers noch mehr blosgestellt werden sollte. Den Rheinlandsagen zufolge muß es den Mönchen oft gelungen sein, den Erzfeind mit derartigen schlauen Verträgen hinter's Licht zu führen, obschon es vielleicht nie mit auffallenderem Erfolge geschah, als bei dem fraglichen Contrakte. Durch die List der Gottesmänner völlig getäuscht, ließ sich der Vater der Sünden so eifrig für das Unternehmen brauchen, daß die Abtei sammt Zugehör in unglaublich kurzer Zeit vollendet dastand – ein Ereigniß, welches die frommen Mönche nach ihrer eigenen Weise zu erklären wußten, indem sie es einem Mirakel von reinerem Ursprunge zuschrieben. Jedenfalls hatten sie ihre Täuschung so gut eingeleitet, daß der Teufel trotz seiner sprichwörtlichen Schlauheit nichts von der wahren Bestimmung des Gebäudes merkte, bis mit einem Male die Abteiglocken zum Gebet läuteten. Nun kannte freilich seine Entrüstung keine Gränzen mehr, und er schwang sich unverzüglich nach dem fraglichen Felsen in der schnöden Absicht, ihn mit sich in die Luft zu führen und über der Kapelle fallen zu lassen, damit die Mönche sammt ihrem Altare seiner Rache zum Opfer würden. Aber der Fels saß auch für den Teufel zu fest, und der Böse sah sich endlich in Folge der Exorcismen, mit welchem die Mönche nach ihrer eigenen Weise gegen ihn in's Feld rückten, genöthigt, mit Schande und Schmach aus diesem Theile des Landes zu fliehen. Man zeigt noch den Neugierigen gewisse Merkzeichen in dem Gestein, welche beweisen sollen, wie gewaltig sich Satan bei dieser Gelegenheit abgemüht habe: darunter namentlich einen Abdruck seines Hintertheils, den er zurückgelassen, als er sich, erschöpft von der nutzlosen Anstrengung, auf den Fels setzte. Die Scharfsinnigen wollen sogar in einer Art Rinne nachweisen, wie sein Schweif gelegen habe, während der böse Feind voll Verdrusses über die bittere Täuschung auf seinem harten Schemel saß.

Die Heidenmauer, 1866

PHILIPP JAKOB SIEBENPFEIFFER 1793–1845

Journalist,
einer der Hauptredner auf dem Hambacher Fest 1832

Hinauf Patrioten, zum Schloß, zum Schloß!
Hoch flattern die deutschen Farben.
Es keimet die Saat und die Hoffnung ist groß,
Schon binden im Geiste wir Garben.
Es reifet die Aehre mit goldenem Rand,
Und die goldene Ernt' ist das Vaterland.

Die Männer strömen aus jeglichem Gau, –
Nur Brüder umfassen die Gauen. –
Zu legen die Hand an den Wunderbau,
Ein Deutschland gilt es zu bauen.
Wo deutsche Männer, da sind wir dabei,
Wir erheben ein Deutschland stolz und frei.

1832, stark gekürzt (insgesamt 7 Verse)

Unbekannter Künstler

„Der Deutschen Mai – Zug auf das Hambacher Schloß“
Hambacher Fest am 27. Mai 1832
Kolorierte Federlithographie der Zeit
Historisches Museum der Pfalz, Speyer

FRIEDRICH MÜLLER, genannt MALER MÜLLER 1749–1825

Dichter, Maler

Blick von der Madenburg

Verliebt in diesen Anblick zu verweilen! – O hier will ich wieder sitzen, daß die Empfindungen, die noch wolkig über meine Seele dahinfliegen, sich fassen, daß sie hervorkeimen wie Blumen beim Morgen.
Sehen Sie, dort liegt Landau – dort Karlsruhe! Sehen Sie den Rhein, wie er sich in die Ferne wie ein Flammenschwert schlängelt! Das Dunkle dort ist Speyer und dorten der helle weiße Fleck Mannheim!
Mannheim, ist das Mannheim, sagen Sie, wo?
Gewiß, dies ist Mannheim, dieser weiße Punkt. O! daß unser Körper nicht das ist, was unsere Sinne sind: durchdringend. Daß mein Körper nicht sein kann, wo mein Auge ist. O, wie würde ich wie ein Gedanke, geliebter Fleck, auf deinen Mauern stehen! So dachte ich und wende mein Angesicht weg, indem mir die Tränen über meine Wangen rollten.
Was war's, das mich so beklemmt, so empfindlich in diesem Augenblick machte? Warum sah ich ohne Tränen andere Städte – warum blieb ich unerschüttert? War damals meine Seele nur in meinem Auge? Ha, es fehlte diesen Mauern, was sich meiner Seele bemeistern konnte, es fehlte ihnen ein Schatz, der allein der Schlüssel zu meinen Tränen sein konnte: Gefühlvolle Herzen – Freunde!
Und wie sah ich in die Tiefe auf das schlummernde Leinsweiler. Kleines Örtchen, dachte ich, klein bist du, aber was würdest du mir werden, wenn alle meine Freunde, alle meine Lieben in dir versammelt wären – was für ein Elysium. In diesen Gedanken stieg ich den Berg hinab durch einen Kastanienwald und trat in das Pfarrhaus.

„Essen Sie doch –, nehmen Sie doch –, Sie müssen essen“, hörte ich mit sanfter Stimme sprechen. Ich trat zur Stube herein.
Ein Frauenzimmer stand da, in der einen Hand ein Körbchen mit Trauben, in der anderen Hand hielt sie einen Teller mit Brotschnitten, welche sie den in der Stube sitzenden Bauersleuten und Taglöhnern mit süßer, freundlicher Stimme anbot. Mein Herz, das ohnehin schon zur freundschaftlichen Empfindung gestimmt war, geriet bei diesem Anblick in Entzückung. Ich ging in einer Wallung auf sie zu, ergriff ihre eine Hand, indem sie den Teller niedersetzte. Ich wollte ihr meine Empfindungen über diesen Anblick sagen, aber ich war verwirrt. Ich sah sie an, sie errötete, ich ward noch verwirrter. In dem Augenblick warf ich meine Augen auf das Traubenkörbchen, und nun sagte ich, ohne zu wissen was, daß wir dieses Jahr wohl einen vortrefflichen Herbst zu hoffen hätten. Welch ein holdseliges Geschöpf, wenn der Himmel in eines reizenden Mädchens Brust ein fühlendes edles Herz verbirgt. Zweimal trat sie zurück und ich ihr nach. Meine Augen sollten ihr erklären, was ich nicht sagen konnte. Noch einmal ergriff ich ihre Hand, aber sie schlug ihre Augen nieder und bot mir mit freundlicher Stimme einen Stuhl an.
Nun lehnte ich mich ans Fenster und betrachtete bald sie, bald die Gegenden um Leinsweiler. O ihr Gebirge und Gefilde, ihr seid glücklich, diese Gegenden sind allein vom Schöpfer beseligt, in denen Freundschaft und Schönheit wohnen. O was werdet ihr mir sein, wenn ich nun künftig an euch zurückdenke, wenn ich wieder vorab auf dich blicke, kleines Dörfchen, wie angenehm, wie schätzbar wirst du nun für mich und mein Herz sein.
Mag doch die Welt über mich lachen, wenn ich bei jeder Gelegenheit mich freue, mein Herz in Empfindung zu setzen suche. Immerhin! ich freue mich doch; und warum sollte ich meinen Brüdern nicht verzeihen, daß sie sich über mich lustig machen? Aber Sie, mein Freund, Sie allein, die Sie mich durch alle meine Launen kennen, die Sie mich mit aller Wunderlichkeit, mit allen meinen Fehlern lieben, Sie allein sollen es wissen, daß ich diese törichten Augenblicke für die glücklichsten meines Lebens halte …“

HEINRICH JAKOB FRIED 1802–1870

Maler, Dichter

Lied der Madenburg

Schloßruine bei Eschbach.

Friede kost und Gottvertrauen,
Wehmuth nicht im Schutte hier,
Denn als Garten ist zu schauen
Rings das Land in Festtags Zier.
Wonnelieder heiter dichten
Epheu selbst und Moos und Sproß;
Von Kastanien und Fichten
Schön umgürtet ist das Schloß.

Dort, wo sich die Wogen bäumen
In dem aufgeschreckten Meer,
Schäumend zu den höhern Räumen,
Zeigt sich uns der Berge Heer.
Doch an diesem Felsen brechen
Alle wilden Wellen sich
Und die Hügel plötzlich schwächen
Sich zur Eb'ne wonniglich.

HEINRICH JACOB FRIED
1802–1870

Blick auf die Madenburg
Oel auf Leinwand, 1831
Pfalzgalerie, Kaiserslautern

Hier, im Reize einer holden
Jungfrau, kußlich prangt die Flur;
Korneswogen, weithin golden,
Zeigen fleiß'ger Menschen Spur;
Bis wo dort der Rhein, so helle,
Silber stickt in's Prachtgewand.
Nicht mit Unrecht bist du Stelle
Hier die Maidenburg genannt!

Lasset strömen eure Gluthen,
Rebenhügel! hier herauf:
Weg ihr sollt die Sorgen fluthen
Heut von unserm Pilgerlauf.
Eine Insel voller Wonne
Sei dies alte Schuttgestein,
Von dem ersten Gruß der Sonne
Bis zum milden Abendschein!

Epheuranken, 1841/1842

KÖNIG KONRAD IV. 1228-1254

Deutscher König

Da man zählte nach Gottes Geburt zwölf hundert und sechsundvierzig Jahr in dem neunten Monat am Sankt Lambrechtstag.
Wir Konrad, Kaiser Friedrichs Sohn, von Gottes Gnaden zu einem römischen König erkoren, tun kund und bezeugen mit diesem Briefe, daß Isengard, Philipps von Falkenstein, unseres lieben Truchsessen und Getreuen Frau, und seine Untertanen uns überantwortet haben mit Willen unseres Herrn und Vaters, Kaiser Friedrichs, die Burg Trifels und die kaiserlichen Zeichen, nämlich unseres Herren Holz mit einem goldenen Kreuze mit edelen Steinen gezieret, St. Johannes' des Täufers Zehe in einem kristallenen Gefäß, St. Kunigundens Arm, St. Mauritius' Speer, die goldene Krone mit goldenem Kreuz, zwei Schwerter mit zwei Scheiden, gezieret mit Edelsteinen, den goldenen Fingerring mit dem Rubin und den vier Saphiren, den goldenen Reichsapfel mit dem Kreuze, den kaiserlichen Mantel mit edelen Steinen, den Balsam, drei goldene Sporen, eine Alba von weißem Samt mit edelen Steinen gezieret, sieben goldene Nadeln mit sechs Steinen, eine weiße Inful, zwei Handschuhe mit edelen Steinen, einen Rock von Samt, zwei scharlachene Hosen, zwei vergoldete Schuhe mit Steinen verzieret, drei seidene Gürtel, ein leinen Hemd.

Urkunde, 1246

JOSEPH VICTOR VON SCHEFFEL 1826–1886

Lyriker, Erzähler

Trifelsburgenlied

Ouch solt ihr vil wol wizzen daz:
Dazwischent Strasburc als ich las
Un Spire lit drilic berc
als uns seit der wahrheit werc:
davon er Drivels ist genant
in allen Landen wol bekannt.
Rudolfs von Ems Weltchronik.

Noch schwellt kein Grün der Buchen Kronen,
Doch singt die Drossel schon vom Ast,
Und mit dem Weiß der Anemonen
Mischt sich der Primel gelber Glast;
Annweilers Berge seh' ich wieder
Und ihre Burgdreifaltigkeit,
In Ehren alt, vernarbt und bieder,
Kriegszeugen deutscher Kaiserzeit.

Dort Scharfenburg, die schlanke, feine,
Vor ihr der Felsklotz Anebos,
Und hier als dritter im Vereine
Der Reichspfalz Trifels Steinkoloß.
Ihr Turm mit der Kapelle Erker,
Der einst die Reichskleinodien barg,
Des Löwenherzen Richard Kerker
Wächst mächtig aus des Felsens Mark.

HEINRICH JACOB FRIED
1802–1870

Der Trifels
Oel auf Leinwand, 1824
Privatbesitz

Tanzplatz ist noch der Kamm geheißen,
Wo einst in zierem Pfauentritt
Bei Harfenschall und Minneweisen
Des Kaiserhofes Reigen schritt.
Ahi! wie sah man Tücher winken,
Als hie am zwölften Maientag
Bei vieler tausend Helme Blinken
Der sechste Heinrich Abschieds pflag!

Im ernsten Auge sprüht' ein Feuer,
Als klirre schon der Speere Krach:
„Konstanze, Weib, dem Herzen teuer,
Bald rächen wir Salernos Schmach;
Eh' sich die Wälder herbstlich färben,
Die heute diese Fahnen sehn,
Soll siegreich uns und unsern Erben
Das Reichspanier am Ätna wehn!"

Als ihres Kaisers Heergeleite
Ritt eine stolze Fürstenschaft,
Und seinem Bruder treu zur Seite
Philipp von Schwabens junge Kraft.
Noch zog des Rotbarts blondem Kinde
Kein Frühlingsahnen durch den Sinn,
Daß er die Braut Irene finde
Als dieser Maifahrt Beutgewinn.

Gleich einer ehernen Schlange wanden
Die Helme sich den Wald hindurch,
Und alle Heerdrommeter sandten
Als Abschiedsgruß das Lied zur Burg:

„Ihr frische Rosen, sanfte Lilien,
Lebt wohl und blüht in Gottes Hut;
Des Adlers Flug geht nach Sizilien,
Ihn dürstet nach Normannenblut!"

Wer weiß noch von den Rittern allen
Aus Schwaben, Franken und vom Rhein,
Die damals fest als Reichsvasallen
Schwert trugen in der Streiter Reihn:
Vom Truchseß Markward von Annweiler,
Trushard vom Kestenberger Schloß,
Vom treuen Heinz von Meistersele,
Vom Eberhard von Anebos? ...

... Ob ferner Wasgauhügelreihe
Sprüht goldner Sonnenuntergang,
Und still schwebt Frühlingsabendweihe
Des Reichs verlaßnen Berg entlang.
Dann, mit des letzten Golds Verglimmen,
Füllt rings die Täler feuchtes Grau,
Und auch der Seele Saiten stimmen
Sich äolsharfenweich und lau.

O Jugendkraft, wie wirst du älter!
Bald tritt auch mir die Stunde nah,
Da ich nicht mehr durch deutsche Wälder
Auszieh' ins Land Italia.
Bald bleicht des Wandrers müd' Gebeine
Vergessen in der Erde Schoß,
Und wie des Trifels mürbe Steine,
So deckt auch seinen Grabstein Moos.

HEINRICH JAKOB FRIED 1802–1870

Maler, Dichter

Hambacher Schloß

Schon in Neustadt fing das fröhliche Festgewühl an und überströmte bald den Damm. Die Wogen drängten sich singend den Berg hinan und bespülten bald oben die längst bemoosten Trümmer, die heute einen Glanz erlebten, wie sie vielleicht, als sie sich noch zu einer stattlichen Veste zusammenwölbten, nie gesehen hatten. Wenigstens umfingen die Mauern sicher noch nie soviele Gäste wie heute. Sie wurden auf 30 000 geschätzt.
Lange kreiste noch die Schar umher, bis jeder Gast seinen bestimmten Platz und einen Freund zur Seite hatte. Bei solchen Fällen genießt man immer in dem Grad mehr, als man mehr Teilnehmer am Genuß bemerkt. Der Zug strömte indessen fast unerschöpflich fort, bis ihn das Auftreten der Redner auf der Bühne etwas stocken machte. Die Redner sprachen nun wohl lebhaft und die Zuhörer begrüßten auch manches Wort mit Ausruf, aber nicht alle wußten oft, warum sie ihren Beifall gaben. Bei der Rede von Wirth stand ich etwas entfernt, so daß man bei mir nur sehr wenig verstehen konnte, doch riefen alle mit den anderen Lebehoch. Da fragte einmal einer den anderen „warum hast du jetzt „Vivat“ gerufen?“ Da gab ihm der Andere zur Antwort: „Du siehst ja, wie der Andere den Arm in die Höhe reckte und dies hielt ich für eine Aufforderung zum Vivat“. Wirth selbst verlor seinen Ernst, als er sein Lebehoch ausbrachte und er, kaum als er den Mund auftat, schön übertönt wurde von der Schreilust – das war keine nach Blut dürstende Versammlung, da war noch nichts zu fürchten für eine Umwälzung.

HEINRICH JACOB FRIED
1802–1870

Hambacher Schloß
Oel auf Leinwand, 1832
Städtisches Heimatmuseum Villa Böhm, Neustadt

So wie die Wogen des Kornes schwanken und sich die Bäume biegen und rauschen, wenn ein Windstoß herniederfährt, aber gleich darauf sich wieder erheben, wenn es wieder ruhig wird, so war einmal die Versammlung bewegt und laut, aber gleich darauf wieder in ihrer vorigen Stimmung, sobald das Wort in dem Ohre ausgetönt hatte. Und als hierauf ein Regenguß sich heftig niederstürzte, war vollends an keinen Eindruck mehr zu denken, er schien nun ganz weggewaschen. Voll Durst und Hunger eilte Jeder noch einige Brocken von der überschwemmten Mahlzeit zu retten und ließ das Rätsel der Zukunft vor der Hand ruhen.

Nachmittags, als das Wetter sich prächtig aufheiterte, schien Alles noch mehr zerstreut und obwohl sich nun mehrere Redner zugleich aufstellten, so glaube ich doch nicht, daß die Worte auch jetzt von anderer Wirkung waren, als daß man sagte: Dieser oder jener hat zwar stark oder vernünftig oder geistreich gesprochen oder der oder jener hat es ihm tüchtig gesagt.

Ich weiß selbst nicht viel mehr darüber zu sagen. Das überaus schöne Wetter regte in mir den Maler auf und so entwich ich denn auf den nächstliegenden Berg, um die herrliche Landschaft zu bewundern und zu genießen und das Gewimmel um das Schloss in der Ferne zu schauen.

Wie schön und heiter war der Abend geworden und welche Farbenpracht schwelgte auf dem reichen Gefilde!

Ich lagerte mich auf diesem Berge unter die jungen Eichen und blieb solange, bis mich die sinkende Sonne zum Aufbruch mahnte.

Da toste vor mir der bevölkerte Berg. Musik und Menschenstimmen schwirrten durcheinander und zu mir herüber wie im Elsass aus dem man machen konnte, was man wollte. Empörender Tumult und Raserei oder losgelassener Jubel und entfesselte Gedanken an die Ärmlichkeit des Menschenlebens. So kann man eben so, wenn von diesem Feste gesprochen wird, auch allerlei darauf formen, währenddem, hier an Ort und Stelle es zu einem Traume verfließt und während dem ich, der ich doch auch zum Feste zog, nur schwelgte in den Reizen der Natur und andere Tausende auch nur nach ihrer Art im Genusse schwelgten.

Als ich zurückkam, hörte ich einen Bauern rufen: „Freiheit und Gleichheit!“ Da

berichtigte ihn sogleich ein anderer und sprach: „Hast du nicht gehört, wir sollen das nicht wollen. Denn gleich können wir nicht alle sein, wir müßten sonst auch alle gleich gescheid sein. Nur Freiheit und Einigkeit können wir rufen." So belehrt er – Nun! Da hat er doch Etwas Gutes gelernt.
Das Schloss durcheilte ich nur noch einmal schnell und als ich keinen mehr von denen gewahrte, mit welchen ich herausgefahren war, so machte ich mich sogleich auf den Weg, dem Sammelplatz zu, wo unser Wagen halten sollte, nämlich auf der Straße von Mittelhambach.
Heute ist noch Versammlung – ich glaube in Neustadt. Ob da Etwas Ernstes zu Stande kommt, das weiß der Himmel. Der Künstler wird sich in ein solches Meer nicht mehr hineinstürzen, er hat seine engeren Kämpfe, er braucht nicht auch die der Welt dazu.

...

So ist es nun vorbei, das Fest, das vielen ein verhängnisvolles Rätsel schien; es ist jetzt aufgelöst und man weiß nicht, ob man darüber staunen oder schweigen, weinen oder lachen soll. Ich war dort und ich muß gestehen, ich habe mich darauf gefreut wie auf einen Besuch bei Bekannten. Meine Welt ist keine politische, sie ist nur eine romantische und so hatte dieses Fest auch dadurch Reiz, weil es auf einem alten Schlosse gefeiert werden sollte. Nur wenn die Weltverhältnisse meine poetischen Ansichten berühren, nur dann bemerke ich sie. So ist, seit ich mich als Deutscher fühle, das heißt im Gegensatz des Französischen, was ich früher war, bei meinen poetischen Ansichten auch diese, daß sich alle Deutschen als Brüder betrachten sollen mögen sie nun eine Farbe tragen, welche sie wollen. Wie verschiedene Religionsübungen alle den einzigen Gott erkennen, so sollte jeder Deutsche, er mag wohnen, wo er will, und eine Schärpe tragen, welche er will, den Namen „Deutsch" verehren.

Tagebuch, 28. 5. 1832

FRIEDRICH BLAUL 1809–1863

Theologe, Schriftsteller

Edenkoben

Von der Burg herab gingen wir durch die belebten Weinberge nach dem nahen Edenkoben, einem freundlichen Städtchen am Fuße der Berge mitten in dem weiten Rebenmeere. Es hat nichts Sehenswürdiges aufzuweisen, denn das ehemals berühmte Cisterzienser-Nonnenkloster Heilsbruck, das nahe bei dem Städtchen stand, ist nicht mehr vorhanden, selbst die Kirche ließ der jetzige Besitzer des Platzes niederreißen, und nur noch ein Türmchen bezeichnet ihre Stelle. Wie schade, daß so viele dieser alten Gebäude in die Hände von Privaten gerieten, die das Land nach und nach des größten Teils seiner interessantesten Zierden beraubt haben und leider noch fortwährend berauben.
Die reichliche Mineralquelle, die vor dem Städtchen entspringt, und von dessen Bewohnern der Kurbrunnen genannt wird, ist schon mehr als hundert Jahre bekannt, ob sie aber wesentliche Vorteile gewähre, weiß ich nicht.

Träume und Schäume vom Rhein, 1838

HEINRICH JACOB FRIED
1802–1870

Heilspruck bei Edenkoben
Oel auf Leinwand, 1833
Pfalzgalerie, Kaiserslautern

JOHANN FRIEDRICH BUTENSCHOEN 1764–1842

Professor, Konsistorialrat

Feurig auf seinem Horst
Sprudelt der Wein von Forst,
Kallstadt schenkt Blut,
Frauenmilch Deidesheim,
Gräfenhaus Honigseim,
Ruppertsberg Götterwein!
Gott segne ihn!

Dürkheim schöpft Nektarsaft,
Mark und Bein füllt mit Kraft
Herxheimer Öl;
Ungstein erweckt vom Tod,
Und wenn euch Gram bedroht,
Greift rasch zum Trost von Rhodt!
Gott segne ihn!

Narrenberg züngelt gern,
Süß schmeckt beim Freudenstern
Speyerer Gift;
Schalkhaft vom heitern Glan
Winkt uns St. Julian,
Auf, stoßt die Gläser an!
Gott segne ihn!

Eisen zwar bricht die Zeit
Doch gibt sie Festigkeit
Dem Lagerwein;
Ruhet sanft, Bockenheim,
Grünstadt und Asselheim,
Einst sollt ihr uns erfreun!
Gott segne ihn!

1823

FRANZ WEISS 1808–1843

Theologe, Lehrer, Schriftsteller

Berwartstein

Von Nothweiler führt ein anmuthiger Waldweg nach dem romantisch gelegenen Dorfe Erlenbach, in dessen Nähe sich auf einem nicht hohen Bergkegel die interessanten Ruinen der Burg Berwartstein, oder, nach der Volkssprache, Bärbelstein, zeigen. Die Burg ruhte auf einem gewaltigen Felsen, welcher selbst einen grossen Theil von ihr bildete, indem er beinahe ganz zu Gemächern und Gängen ausgehöhlt ist, welche grossentheils noch jezt zugänglich sind. Kaiser Friedrich I. hatte die Burg 1152 dem Hochstifte Speier zur Seelenrettung geschenkt. Obgleich dieselbe, ihrer natürlichen Beschaffenheit nach, als uneinnehmbar erscheinen musste, so wurde sie doch, weil von da aus die Strassen beraubt wurden, 1314 von den Bürgern von Strassburg und Hagenau nach 5wöchentlicher Belagerung erobert. Fast sollte man glauben, dass diese Eroberung nur durch Verrath möglich geworden sei, da die Burg mit Proviant reichlich versehen war, und man anzunehmen geneigt sein könnte, dass mit den damaligen Belagerungswerkzeugen gegen diese Felsenmassen nur wenig auszurichten war. – Im J. 1347 verkaufte Otto von Weingarten die Burg an die Abtei Weissenburg, welche dieselbe jedoch von Ludwig dem Baier und Carl IV. zu Lehen nahm, unter dem Versprechen, den Strassburgern von da aus niemals Schaden zuzufügen. Der kurpfälzische Marschall, Johann von Dratt, erhielt 1485 die Burg, nachdem er sie eingenommen hatte, von dem Kurfürsten Philipp zu Lehen. Nach dem dreissigjährigen Kriege waren die Herren von Waldenburg Besizer derselben bis zu ihrer 1680 erfolgten Zerstörung.

Die malerische und romantische Pfalz, 1840

HEINRICH
JACOB FRIED
1802–1870

Burg Berwartstein
mit einem Ritter
und seinem
Knappen
Oel auf Leinwand,
1835
*Martin von
Wagner-Museum,
Würzburg*

HEINRICH JAKOB FRIED 1802–1870

Maler, Dichter

An die Heimath

Im Frühlinge 1840

Träume rauschen in den Wipfeln
Hoher Bäume ohne Zahl;
Lieder rieseln von den Gipfeln
Schöner Berge in das Thal;
Aufwärts steigen zu der Luft,
Lerchensang und Wachtelschlag:
Mit der Rebe Aetherduft
Naht ein hoffnungsvoller Tag.

Mahnend ruhen öde Mauern,
Von der Vorzeit Hauch umkreist,
Auf den Felsen und sie schauern
Hohe Namen in den Geist.
Ueber Kaiser-Gräber dort
Wölbt sich hoch ein alter Dom,
Und mit alten Sagen fort
Ziehet stolz des Rheines Strom.

Mitten im Gesange stehe
Tief bewegt ich, und es ist
Bald so wohl mir, bald so wehe:
Ach! es drängt zu jeder Frist
Mit des Hochgefühls Erguß,
Glühend, wenn auch stammelnd nur,
Auszusenden Gruß um Gruß
In die traute Heimathflur.

Schifft der Geist um ferne Strande,
Sucht er Lehre sich und Glück,
Strebt doch zu dem Jugendlande
Sehnend stets das Herz zurück.
Lockt uns auch ein Paradies:
Nirgends kost so hold der Mai,
Nirgends klingt das Lied so süß,
Nirgends schlägt die Brust so frei.

Nennt darum nicht kühn mein Wagen:
Treibt zu mächtig hoch mein Drang
Meine Saiten anzuschlagen,
Und zu stimmen in den Sang,
Welcher zauberisch erhebt
In der Flur am schönen Rhein,
Und was ich gefühlt, erstrebt,
Dir, mein Vaterland! zu weih'n.

Epheuranken, 1841/1842

KARL AUGUST FÜRST VON HARDENBERG 1750–1822

Preussischer Staatskanzler

Landau

Den 15$^{ten.}$ Morgens um 6 Uhr aus Mannheim gefahren über Neustadt an der Haardt nach Landau 5 Meilen. – Chaussee bis Neustadt und herrliche Gegend, im letzteren Ort viel Wein in den Feldern. – Von Neustadt nach Landau ist keine Chaussee, die Gegend ist aber auch vortrefflich.
Landau ist kein großer Ort und nicht schön gebaut. Die Festungswerke scheinen äußerlich gut zu seyn und sind von Vauban angelegt. Es liegt eine ziemlich starke Garnison darinnen, die größtenteils in Casernen liegt. …

Tagebuch, 15. Oktober 1772

HEINRICH JACOB FRIED
1802–1870

Die Madenburg
Oel auf Leinwand, 1857
Privatbesitz

THEODOR HEUSS 1884–1963

Schriftsteller, Politiker

Der Kaiserdom zu Speyer

Der mächtige Bau gehört mit dem Rhein zusammen. Dessen Strombett zog früher noch näher an dem Hügel, der den Dom trägt. Den Fundamenten ist das nicht immer gut bekommen. Eine grüne Wand hoher Bäume steht zwischen dem breit flutenden Wasser und dem herrlichen Rot der Türme und Kuppeln. Immer wieder hat die Begegnung vom Nordosten her etwas Erschütterndes. Man muß diesen Eindruck des großgegliederten Baukörpers, seine bewegte Silhouette lebendig halten; denn der Blick von der Stadt her ist nie ganz ohne Verlegenheit. Da steht vor der Achse der Hauptstraße die breite Fassade, die unter Benutzung der alten Zeichnungen mit dem ganzen Westbau zwischen 1852 und 1854 aus den Ruinen neu aufgeführt wurde. Dehio sagt von dieser Erneuerung sarkastisch: „... unter den vielen Unglücksfällen, die den Dom betroffen haben, nicht der kleinste.“ Das ist herb. ...

Man geht immer wieder zum unversehrten Ostteil – der Königschor, das Querschiff, das Turmpaar sind als Gruppe und in dem Schmuck der Säulengalerien, des Dekors an den Fensterwandungen, in der herrlichen Gefügtheit das großartigste Monument der deutschen Romanik.

Von Ort zu Ort, 1959

JULES VERNE 1828–1905

Französischer Schriftsteller

Speyer

Und wiederum wurde der Ballon um über fünfzig Pfund entlastet!
In 3500 Meter Höhe kamen wir zum Halten. Der Unbekannte schwatzte unablässig. Ich befand mich im Zustande totaler Gelähmtheit, während er ganz in seinem Elemente, bei vollstem Leben zu sein schien.
„Mit gutem Winde würden wir weithin gelangen!“ rief er. „In den Antillen gibt’s Luftströmungen, die hundert Meilen in der Stunde durchsausen! Bei Napoleons Krönung ließ Garnerin einen mit buntem Gas illuminierten Ballon um elf Uhr nachts steigen. Der Wind blies aus Nord-Nord-West. Am anderen Morgen, als der Tag graute, gaben ihm die Bewohner von Rom den Salut, als er über dem Sankt-Peters-Dom hinschwebte! Wir werden weiterhin gelangen ... und höher hinauf gelangen!“
Kaum hörte ich! Alles brummte, summte um mich her! Die Wolkenmassen rissen – ein Loch bildete sich!
„Da! sehen Sie! die Stadt dort!“ rief der Unbekannte – „das ist Speyer!“
Ich beugte mich über den Gondelrand und sah einen kleinen schwärzlichen Haufen. Es war Speyer. Der Rhein, der hier von stattlicher Breite ist, glich einem aufgerollten Bande.

Ein Drama in den Lüften, 1905

MARTIN GREIF 1839–1911

Lyriker

Nähe der alten Stadt

Ich zieh' auf stillem Wege
Entlang des Stromes Lauf,
Die alte Stadt im Nebel
Steigt nahe vor mir auf.

Tief dringt mir in die Seele
Ihr wohlbekanntes Bild,
Scheint sie doch wie verkläret,
So winkt sie friedensmild.

Auch ist's, als ob die Bürde
Der Zeit sie abgelegt,
So stolz mit ihren Türmen
Das Haupt empor sie trägt.

HEINRICH KEMPF
1814–1852

Blick über den Rhein auf die
Stadt Speyer zur Biedermeierzeit
Oel auf Leinwand, 1846
Historisches Museum der Pfalz, Speyer

FRIEDRICH HÖLDERLIN 1770–1843

Dichter

…
Am nämlichen Nachmittag fuhren wir nach Speyer zurück – und so hatt' ich die meisten merkwürdigen Städte der Pfalz in kurzer Zeit gesehen. Morgen seh' ich mich in Speyer um.
Donnerstag, den 5. Juni.
Mein erster Gang war morgens zur Domkirche. Dies ist eines der merkwürdigsten Gebäude, die ich auf meiner Reise sah, und das einzige, das ich recht genau und mit gehöriger Muße besah. Wenn man vorn am großen majestätischen Portal eingeht, so sieht man vor sich einen leeren Platz von einer ziemlichen Länge bis an große Staffeln hin und von ungewöhnlicher Höhe, die durch prächtige einfache Säulen von den Nebengebäuden getrennt wird. Über den Staffeln aber steht ein großer ganz marmorner Altar, welcher so hoch ist, daß auch wieder Staffeln daran gebaut sind, und auf welchen fünf brennende Lichter in güldenen Leuchtern stehen. (Die Leuchter stehen pyramidenmäßig, und längste mag sicher eine Elle messen.) Neben dem Altar standen auf beiden Seiten Kirchstühle und in den zwei Ecken neben Kirchstühlen wieder zwei Altäre, von gleicher Pracht wie der erste. Ganz hinten im Chor stand der Thron des Bischofs von Bruchsal, das Prächtigste, was man sich vorstellen kann, an und auf beiden Seiten des Thrones herunter die Stühle der Domherrn, welche alle vergoldet sind. Und so nehme das ganze riesenmäßige Gebäude zusammen, man stelle sich unten ans Portal hin und denke sich – wie oben herab der Thron und die prächtigen Stühle schimmern – und der Marmoraltar, wie er mit seinen Lichtern so erhaben dasteht – und oben das unermeßliche Gewölbe – ich hielt mich eine Stunde darin auf und

könnte beinahe noch bisher jeden Tag eine Stunde darin gewesen sein, ohne Langeweile gehabt zu haben.

...

Ich hatte vormittags so ziemlich mich in Speyer umgesehen. Nachmittags wollt' ich also ins Freie, um da in der Gegend umher mein Auge zu weiden.
Ich lief den ganzen Nachmittag beinahe im ganzen Speyrer Bezirk umher, ohne was zu finden, das meine Aufmerksamkeit besonders an sich gezogen hätte. Es ging schon gegen Abend, als ich auf den sogenannten Gran kam (wo die Waren der Schiffe ausgeladen werden). Ich glaubte neu geboren zu werden über den Anblick, der sich mir darstellte. Meine Gefühle erweiterten sich, mein Herz schlug mächtiger, mein Geist flog ins Unabsehliche - mein Auge staunte - ich wußte gar nimmer, was ich sah, und da stand ich - wie eine Bildsäule.
Man denke sich, der majestätisch-ruhige Rhein, so weit her, daß man die Schiffe kaum noch bemerkte - so weit hinaus, daß man ihn fast für eine blaue Wand ansehen könnte, und am gegenseitigen Ufer dicke, wilde Wälder - und über den Wäldern her die dämmernden Heidelberger Gebirge - und an der Seite hinab eine unermeßliche Ebene - und alles so voll Segen des Herrn - und um mich alles so tätig - da lud man Schiffe aus, dort stießen andere ins Meer, und der Abendwind blies in die schwellenden Segel - ich ging gerührt nach Haus und dankte Gott, daß ich empfinden konnte, wo Tausende gleichgültig vorübereilen, weil sie entweder den Gegenstand gewohnt oder Herz wie Schmerz haben.
...

2. Juni 1788

JOHANN GEORG LEHMANN 1797–1876

Pfarrer, Schriftsteller

Bad Dürkheim

... Auf diese festlichen Tage strömen Landleute und Bürger zu Tausenden, so wie sonst Hoch und Nieder herbei, und jeder findet, was ihm Vergnügen macht. Auf den Wiesen sind Garküchen und Weinstände in hinlänglicher Anzahl aufgeschlagen, in denen man seine Eß- und Trinklust nach Wunsch befriedigen kann. Besonders werden da viele 1000 und aber 1000 Würste aller Gattungen mit dem größten Appetit verzehrt, daher auch in Nähe und Ferne der Name Michaelismarkt mit dem „Wurstmarkt" gleichbedeutend ist. An allen möglichen Waren, Lebensbedürfnissen und Kaufgegenständen, vom bedeutenden Luxusartikel bis zum Zunder herab, so wie auch an harmonischem sowohl als unharmonischem Gesang, Geklimper und Geleier, an Menagerien und Kunstreitern, an einheimischen und fremden Wilden, so wie an andern rührenden Sehenswürdigkeiten usw. ist da kein Mangel. Auch die gebildete Welt hat ihren Sammelplatz, um diesem Gedränge und Getreibe ruhig zusehen und des Nachts sich anständig vergnügen zu können. Kurz, es ist, wie schon gesagt, ein wahres Volks- und Nationalfeste, und die Gegenstände sind so mannigfaltig, daß eine Feder zu schwach ist, alles genügend beschreiben und anschaulich zu machen, daher wir unsern Lesern den wohlgemeinten Rat geben, dieses Fest selbst anzusehen und mitzumachen.

Geschichtliche Gemälde aus dem Rheinkreise, 1843

GEORG MARIA ECKERT
1828–1903

Kloster Seebach
Aquarell, um 1865
Kurpfälzisches Museum der Stadt Heidelberg

ELISABETH CHARLOTTE, HERZOGIN VON ORLÉANS
LISELOTTE VON DER PFALZ 1652–1722

... Kaum hatte ich mich über des armen Carllutz todt ein wenig erholt, so ist das erschreckliche undt erbärmliche ellendt in der armen pfaltz ahngangen, undt waß mich ahm meisten daran schmertzt, ist, daß man sich meines nahmens gebraucht, umb die arme leutte ins eußerste unglück zu stürtzen, undt wenn ich darüber schreye, weiß man mirs gar großen undanck undt man protzt mit mir darüber. Solte man mir aber das leben darüber nehmen wollen, so kan ich doch nicht laßen zu bedauern undt zu beweinen, daß ich so zu sagen meines vatterlandts untergang bin ...

Brief an die Herzogin Sophie von Hannover, Versailles, den 20. Mertz 1689

... Die Pfaltz ist ein gelobt landt gegen andere länder zu rechnen, den alles ist ja gutt in unßerm lieben vatterlandt, lufft, waßer, wein, brodt, fleisch undt fisch. Wälder seindt nicht unahngenehm, aber heyden seindt langweilig, daß muß ich gestehen, aber offt in den strohütten leben die leütte mitt größern vergnügen, alß in schönne palästen undt auff dem thron. ...

Brief an die Raugräfin Louise, Versaille, 22. 11. 1710

KÖNIG LUDWIG I. VON BAYERN 1786–1868

König von 1825–1848

Herr Dr. Justinus Kerner, meinen Dank auch für die beiden andern Schreiben, bevor ich, was in weniger als einer Stunde geschehen wird, den Garten Teutschlands, die blühende Pfalz, verlasse, in der ich freudig empfangen, und in welcher es immer herzlicher und herzlicher für mich wurde. Ein schönes Gedicht ist das Rudolph von Habsburg, was Sie mir schickten, wofür insbesondere seinen Dank ausspricht Ihr Erhaltung und Besserung der Sehkraft wünschender

Ludwig.

Brief, Ludwigshöhe, den 14. September 1852

HEINRICH HANSJAKOB 1837–1916

Pfarrer, Volksschriftsteller

Neustadt

Um Mittag war ich in Neustadt, dem politischen Paris der Pfalz.
Gar schön präsentiert sich diese kleine Stadt. Sie liegt zwar in einem engen Talriß, aber ihre Umgebung: Waldberge, Weinland, Ebene und die zahlreichen Burgen, Ruinen und Landsitze auf den Höhen machen sie ungemein reizvoll.

Sommerfahrten, 1909

THEODOR VERHAS
1811–1872

Neustadt mit Hambacher Schloß
Aquarell, um 1860
Städtisches Reiß-Museum, Mannheim

HEINRICH JAKOB FRIED 1802–1870

Maler, Dichter

Lied in der Weinlese

Auch in der Pfalz da glühen goldne Reben
Und perlt der edle Wein;
Auf solch ein Land, von mildem Reiz umgeben,
Kann stolz sein Vater Rhein.

Da ranket längs den freundlichen Vogesen
Die Wundergabe hin.
Welch schöne Zeit, wenn frohe Winzer lesen
Und keltern den Gewinn!

Darum auch hier sich gern der heitre Zecher
Mit Rebenlaub bekränzt;
Er findet den, mit Gluth gefüllten Becher
Von Gastfreundschaft kredenzt.

O herrlich Land! wo unsre Blumen sprießen,
Und unser Herz daheim;
Wo golden stets des Weines Quellen fließen
Bei Milch und Honigseim.

So stoßt denn an und singt dem Weine Lieder
Allhier in seinem Reich!
Auch wo man trinkt da laßt euch fröhlich nieder:
Ihr trinkt euch Göttern gleich.

Im Weine ruht die höchste Kraft verborgen,
Quillt die Begeisterung;
Mit Zaubermacht verscheucht er alle Sorgen
Und macht die Greise jung.

Die Träume weckt er all', die wunderschönen,
Und giebt dem Schwachen Muth.
Er macht daß sich die Feinde flugs versöhnen,
Und alles Böse gut.

Im Becher liegt der wahre Stein der Weisen:
Wer trinkt der kann sogleich
Die Quadratur des Zirkels euch beweisen,
Und wird wie Krösos reich.

Wie prächtig läßt sich doch das Leben schauen
Durch dieses Glas mit Wein.
Hoch leb die Pfalz! Laßt da uns Hütten bauen
Und trinken drin nur Wein!

Epheuranken, 1841/1842

JOHANNES KARDINAL VON GEISSEL 1796–1864

Als Gott den Rheinkreis schuf in reicher Hülle,
Geschmückt mit Traubengold,
Da sprach er: „Segen über dich die Fülle;
Denn du bist schön und hold!"

‚Ich schenk dir zum Himmelsangebinde
Wein, Licht und Fröhlichkeit,
Und – wenn ich einst dich treu und redlich finde –
Den Kranz der Biederkeit!'

Wir tauschen keinen Forster um Tokayer,
Kein Kallstadt um Burgund;
Uns pocht das wackre Herz nur desto freier
und kühner spricht der Mund!

1832, gekürzt

JOHANN JAKOB SERR
1807–1880

Fröhliche Herbstzeit
Oel auf Leinwand, um 1860
Privatbesitz

ELISABETH CHARLOTTE, HERZOGIN VON ORLÉANS LISELOTTE VON DER PFALZ 1652–1722

Ich fühl' mich hier manchmal wie daheim in der Pfalz: Die Damen am französischen Hof sind jeden Abend sternhagelvoll, und mein Sohn hat eine Maitresse, die säuft wie ein Bürstenbinder. ...

Brief an die Raugräfin Louise

... Wetter haben wir schir nie hir. Der herbst wirdt gar schlegt hir sein, aber daß geht mich nicht ahn, den monsieur Teray erlaubt mir keinen andern wein zu drincken, alß Rheinwein. Aber der Rheinwein hir nimbt ab undt ist nicht stärkker, alß der Neüstätter, den ich allezeit gedrunken, ...

Brief an die Raugräfin Louise, St. Clou, den 11. 9. 1721

... Germersheim ist doch zimblich weit von Schwetzingen. Ich habe zweymahl dort geschlaffen, es seindt unerhört viel schnacken dort, umb dort zu jagen. ...

Brief an die Raugräfin Louise, St. Clou, 20. 8. 1718

... Ich kene 3 Schönborn; es mag woll einer von den 3en sein, so jetzt cardinal undt bischoff zu Speyer ist. Sie wahren alle 3 brüder, gar feine leütte; aber einer gefiehl mir woll, war recht lustig undt hatte mühe, geistlich zu werden; es war ein hübscher herr von gesicht, aber ein wenig zu dick von taille. ...

Brief an die Raugräfin Louise, Paris, den 16. 3. 1720

GUSTAV FREYTAG 1816–1895

Kunsthistoriker, Schriftsteller

Der Aufbruch des Hauptquartiers von Speyer erfolgte am 3. August früh. Ein langer Zug von Wagen, Reitern, Rossen, wohl 200 Pferde, auf staubiger Landstraße. Der Kronprinz fuhr mit seiner nächsten militärischen Umgebung kluger Weise später ab; dadurch war die Entlastung des Herrn von unwesentlichen Verpflichtungen eingeleitet.
Die ganze Pfalz in Stadt und Dorf steckte ihre Fahnen heraus und jubelte dem Kronprinzen zu, so warm, so fröhlich vertrauend und so hingerissen von seiner guten Art, daß es eine Feude für jedermann ist. – – Der Weg von Speyer nach Landau führt in der ersten Hälfte vier Wegstunden durch flaches Land, dessen Fruchtbarkeit berühmt ist. Der Nußbaum im Felde, sorgfältig gepflegte Rebgärten, der Tabak geben den Fluren eigentümliches Aussehen; die Menschen mit gescheidten Gesichtern, auch unter den Kindern viel Braunhaar und Schwarzhaar und große dunkle Augen, teils römisches, teils jüdisches Blut, das hier einen großen Bestandteil ausmacht, daneben prächtige, hellblonde Germanenköpfe. Die Frauen tragen auf dem Kopf und haben deshalb gute Haltung. Aus den Fenstern der niedrigen, weißgetünchten Steinhäuser in den Dörfern hingen viele blauweiße Fahnen, daneben die Teppiche der Putzstube; …
Allmählich wird bei der Wegrichtung auf Frankreich das Haardtgebirge zur rechten Seite höher. Prächtige Formen, Kegel und starkgeschwungene Gipfel, am Reisetage im blauen italienischen Duft. Es war sehr schön und tröstete über das militärische Aussehen von Landau.

Der Kronprinz und die deutsche Kaiserkrone, 1889

AURELIO DE GIORGI BERTOLA 1753–1798

Italienischer Dichter, Theologe

Deidesheim

Nachdem wir Neustadt verlassen hatten, sahen wir in einer geringen Entfernung den Flecken Deidesheim, welcher auf der Abendseite des mahlerischsten Horizontes geniest, den ich in diesen Gegenden gesehen habe. Mehr als vierzig kleine Anhöhen erheben sich dieser Seite gegenüber, die zum Theil angebaut, zum Theil fast nackt liegen. Einige derselben durchkreuzen sich; andere stehen allein; andere sind zur Hälfte bedeckt, interessanter durch das – was sie der Einbildungskraft errathen lassen, als durch das, was sie zeigen. Mit runden und schwellenden Hügeln wechseln spitzige und schroffe Höhen ab. Sie verlieren sich in die Ebne mit unbeschreiblicher Sanftheit.

Historische Rheinreise von Speyer bis Düsseldorf, 1796

NICOLAUS BERKHOUT
1813–1892

Der Martkplatz von Deidesheim
Oel auf Leinwand, 1872
Privatbesitz

ALOYS WILHELM SCHREIBER 1761–1841

Journalist, Volksliedersammler, Professor

Ludwigshafen

Eine halbe Stunde von Mannheim liegt die Rheinschanze, eine Art Brückenkopf, der das Tor in die bayerische Pfalz bildet. Im Jahre 1821 war dies noch ein unbedeutender Flecken, jetzt ist hier lebendiger Verkehr, geräumige Lagerhäuser, zweckmäßige Krahnen, schöne Wohngebäude erfreuen das Auge. Durch die Tätigkeit der Eigentümer, welche die vorteilhafte Lage des Platzes zu benutzen und das Vertrauen des Handelsstandes zu erwerben wußten, besonders aber durch den Schutz Sr. Majestät des jetzt regierenden Königs Ludwig, wurde die Rheinschanze unter mancherlei schwierigen Kämpfen nach und nach auf den jetzigen Flor gebracht. Aus den Händen des Herrn Philipp Lichtenberger ging die Rheinschanze vor einigen Jahren in jene seines Sohnes Heinrich Lichtenberger über, welcher der jetzige Besitzer und einzige Eigentümer dieses großartigen Etablissements ist.
Die natürliche Lage, die musterhaften Anstalten geben diesem Punkte in merkantilischer wie in staatsökonomischer Hinsicht eine Bedeutung, die anderwärts durch Kunst und Aufwand kaum zu erreichen seyn dürfte, besonders wenn Frankreich, einmal zur Einsicht kommend, den Transitverkehr durch das Elsaß in erleichterter Form zugibt.
Der Gnade Sr. Majestät des Königs verdankt die Rheinschanze einen Freihafen und ein Hauptzollamt; eine Nothwendigkeit, sollte die Konkurrenz mit anderen Häfen gehalten werden können! Ein geräumiger Winterhafen, wo die Schiffe bei Eisgängen oder sonstigen Ereignissen volle Sicherheit finden, existirt ebenfalls.

Der Haupthandelszweig besteht in Speditionsgeschäften. Die Dampfschiffe landen zwar vorerst noch an dem Mannheimer Ufer, der Rheinschanze gegenüber; durch die stehende Brücke und besondere Fahrzeuge ist aber die Güterexpedition völlig und sicher geregelt, auch eine eigene Agentur in Rheinschanze befindlich. Nebst dem wird starker Handel in Landtabaken, Weinen, Sämereien, Getreide, Steinkohlen, Brettern etc. etc. von und durch die Rheinschanze betrieben, wobei namentlich merkwürdig bleibt, daß zum Beispiel die tannenen Bretter in Quantitäten von Kempten bezogen und bis in die Gegend von Saarbrücken verführt, andererseits aber wieder Steinkohlen und Koks aus den Gruben bei Saarbrücken nach Württemberg, den entferntern Punkten Bayerns, selbst bis München hin transportirt werden.
Obschon ein ziemlich gutes Wirthshaus in Rheinschanze befindlich, so ist doch dessen Lokalität dem Bedürfnis nicht entsprechend, und eine Abänderung sehr wünschenswert.
Wird die Rheinschanze, wie zu erwarten, heute oder morgen nicht mehr als militärischer Punkt betrachtet, wodurch das Bauen sehr erschwert, oft unmöglich ist, so dürfte sich vielleicht eine Stadt hier bilden.

1841

AUGUST GRAF VON PLATEN-HALLERMÜNDE 1796–1835

Dichter

Ludwigshafen

Die vierundzwanzig Stunden auf der Rheinschanze habe ich ziemlich gut hingebracht. Sie wurde schon im vorigen Jahre von den Russen angefangen, und soll nun vollendet werden. Es wäre schlimm, wenn wir sie brauchten. Ein paar von unsern Ingenieuroffizieren befinden sich da, die ich jedoch nicht gesprochen habe. Jedoch machte ich die Bekanntschaft eines Oberlieutenants vom ersten leichten Bataillon, dessen Leute dort arbeiten. Ein Alltagsmensch, der aber viel militärisches Genie verriet, da er, als er Kirschen aß, die Kerne in eine Art von Schlachtordnung reihte.
Die Schanze ist übrigens am linken Rheinufer, gleich an der großen Schiffbrücke; ich hatte daher beständig den schönen Anblick des Rheins. Überdies ist es viel angenehmer, mittels der Brücke in Mitte des Flusses, anstatt am Strande zu stehen, besonders, da man die vorbeifahrenden Schiffe genauer betrachten kann, für deren Durchzug ein Mittelstück der Brücke ausgehoben und auf die Seite gerudert wird. Wir sahen wirklich ein ziemlich beträchtliches Fahrzeug, welches gen Mainz fuhr. Es lag lange vor Anker, und es reut mich, daß ich das Innere nicht besehen habe.
Von der Rheinbrücke konnte ich auch Neckarau sehr gut von Ferne wahrnehmen.

1815

WD (Monogramm)

Ludwigshafen
Aquarell, um 1870
Stadtmuseum, Ludwigshafen

WILHELM HEINSE 1746–1803

Dichter

Von Mannheim nach Straßburg, den 15. Jul. 1780

An der Haardt, kurz vor Neustadt ist eine gar anmutig schöne Gegend an den Bergen hin, die mit fruchtbaren Kastanienbäumen besetzt sind und endlich hinten in eine unvergleichliche Aussicht sich eröffnen und weiter gehen. Alles ist voll Weinwachs. An der Haardt ist ein kurfürstlich Schloß mit einem Keller. Der Wein hält sich 15 bis 20 Jahre. ...

Den 16. Julius, mitternachts zwei Uhr,
zwischen Neustadt und Landau.

Auf einem dunkeln Wolkensopha saß der Mond im Süden und erleuchtete wasserhell und klar die schönen Rebenhügel rechter Hand und linker Hand unten die reife Saat, die in seinem Silberlicht weiß wie ein See da lag, und blickte freundlich und oft mutwillig durch die sich bewegenden Nußbaumzweige an der Straße in das rechte Fenster unsers Wagens, daß ich das holde Straßburgergesicht meiner jungen Begleiterin sehen konnte. Schon wehte mich Morgenluft an, und die Strahlen der neuen Sonne schwangen sich kühn am östlichen Himmel herauf, als ich ihren länglicht runden, warmen, zarten Harfenhändchen den ersten zärtlichen Druck gab. O könnt ich Ihnen nur einen kleinen Finger voll des unbeschreiblich süßen Gefühls in der Dämmerung hiermit zusenden! –

WILHELM HAUSENSTEIN 1882–1957

Kunstschriftsteller, Essayist

Neustadt

Zeitig am Vormittag in Neustadt. Liebenswürdig, heiter liegt es vor ostwärts abhangenden Wein- und Waldbergen. Der Eindruck von der Stadt ist sehr westlich; dergestalt jedoch, daß ein unverkennbar örtlicher Charakter dazwischensteht, der sich nun freilich kaum beschreiben läßt. Helle, mittlere, kleinere Häuser; die Atmosphäre aus Gold und Silber gemischt und auf zartblauen Himmel lasiert. Eigentümlich in diesem Licht, dieser Luft das kräftig, ja schwer aufgemauerte Steinrot der Kirche und ihre verschieden geformten, schieferschwarzen Türme, die den Stil einer mittelalterlichen Eisenrüstung wiederzugeben scheinen.
Es ist Sonntagmorgen.
Die Stadt ist still; die Leute sind zuhause oder im Gottesdienst. Gleichwohl: durch feiertägliche Ruhe, durch provinziale Abgestimmtheit hindurch fühlt man deutlich eine besondere Wachheit, Angeregtheit, ja Lebhaftigkeit des Wesens.
Die Mädchen haben eine muntere Art, zu schauen, sich zu bewegen.

1942

FRANZ WEISS 1808–1843

Theologe, Lehrer, Schriftsteller

Burg Winzingen

Von der Burg sind nur noch wenige Ueberreste vorhanden. Dem weitern Verfall ist durch Ausbesserung der schadhaften Mauern vorgebeugt. Herrliche Anlagen schmüken nun das Innere der Burg und ihre Umgebung. Man bemerkt allenthalben, dass hier eine ordnende Hand thätig war, die mit Umsicht und Geschmak der Natur zu Hilfe kam. Der Gedanke an gewaltsame Zerstörung bleibt uns hier, wo wir in einem blühenden Garten wandeln, fern. Die alten Mauern scheinen, wie zur Ausschmükung des Ganzen, absichtlich hierher gestellt zu sein, und nirgends findet sich eine Stelle, die uns durch ihre Oede und Verwilderung daran erinnerte, dass wir uns in einer Ruine befinden. In dem innern Raume treffen plözlich leise, geisterartige Töne unser Ohr. Wir bliken erstaunt auf, um zu erforschen, woher diese Töne kommen, und entdeken eine Aeolsharfe, die sinnig in einer Mauerrize angebracht ist.

Die schönste und freieste Aussicht eröffnet sich uns in dem Tannenhaine, der die Spize einer Anhöhe krönt. Von hier aus sehen wir die ganze Ebene offen vor uns liegen. Am Rande des Horizonts taucht das alte Speier auf mit seinen Thürmen, bis nach Heidelberg dringt der Blik, und Mannheim schimmert freundlich über den Rhein herüber. Eine solche Aussicht war es wohl werth, dass der vorige Besizer der Burg, Hr. Schuster, sich den öftern Genuss derselben dadurch erleichterte, dass er neben der Ruine ein neues Schlösschen aufführte, das einladend in die Ebene hinabschaut.

Die malerische und romantische Pfalz, 1840

WALTHER WÜNNEBERG
1818- um 1900

Ansicht des Dorfes Haardt und
der Burg Winzingen bei Neustadt
Oel auf Leinwand, 1873
Historisches Museum der Pfalz, Speyer

ERNST FREIHERR VON WOLZOGEN 1855–1934

Schriftsteller, Komponist, Regisseur

In der Tat verdankt die Rheinpfalz ihre Gestalt nur dynastischen Zufällen. Aber die Zufallsfaust auf der Landkarte hat einen guten Griff getan. Die natürliche Fruchtbarkeit des Bodens in der Ebene und die hohe landschaftliche Schönheit der gebirgigen Teile machen die Rheinpfalz zu einem der bevorzugtesten Gaue Süddeutschlands; und weil sich's inmitten solcher Schönheit und Ueppigkeit gut und reichlich leben läßt, so hat sich dort ein Menschenschlag entwickelt, der durch geistige Beweglichkeit und lebfrisches Temperament sich vor allen Stämmen des deutschen Südens auszeichnet. Man könnte die Pfälzer wohl die Gascogner Deutschlands nennen. Sie besitzen das leichte Blut der Weinbauern und Weintrinker, und sie besitzen auch den guten Humor, den Stolz auf ihre Heimat und jene liebenswürdige Prahlsucht der Gascogner, wegen deren sie sich übrigens selbst gutmütig verspotten und von ihren heimischen Dialektdichtern gern hänseln lassen.
Alles, was die Pfalz erzeugt, ist in der Augen der Pfälzer unvergleichlich, ihr Land ein Paradies und jeder Pfälzer genial veranlagt. Man begreift solche fröhliche Ruhmredigkeit, wenn man vor irgendeinem der grünen Waldberge, von irgendeinem verfallenen Luginsland der zahllosen Berg- und Klosterruinen in die Rheinebene hinausschaut: ein üppig grünender, fruchtreicher Garten, saubere, behäbige Dörfer, blühende Städtchen und Städte dicht aneinander gedrängt, so weit das Auge zu schauen vermag.

1910

ROLAND BETSCH 1888–1945

Schriftsteller

…
Wer durch die gelben Herbsttage wandert, fühlt den Herzschlag der trächtigen Erde, die sich verschenken will. In den Dörfern mit den engen Gassen und dem holperigen Pflaster macht sich die Unruhe breit. Wasser aus steinernen Brunnen scheint rascher zu fließen, alte Giebelhäuser mit wirrem Fachwerk werden gespenstisch lebendig, und die windschiefen Hoftore kreischen in rostigen Angeln. Tage brechen auf wie späte Blüten, denn jetzt kommt die bunte Zeit des Herbstes. Die Trauben reifen. Das Weinlaub wird von Farbenphantasien überschüttet.
Nie ist das Land so freudig und versonnen, nie so schwermütig geschmückt wie um diese Zeit, wenn die Traube reift.
Aus grüner Ebene steigen die bunten Hügel, zwischen denen die Dörfer liegen mit den roten Ziegeldächern und den lustigbunten Häuserfronten; wo in alten Höfen Bütten und Fässer stehen und der Geruch von Kuh und Pferd aus Stalltüren quillt. Farbige Häuser, wahllos zusammengeschart, mit einem Gewirr von Dächern und steilen Fronten. So liegen sie an den Weinhängen der Haardt, bescheiden und an die mütterliche Erde geschmiegt, ihrer Berühmtheit sich nur halb bewußt. So wachsen sie aus einer begnadeten Landschaft zwischen Obstbaum und Weinstock hervor und scheinen in sich selbst zufrieden, sind ohne Unrast und ohne Trieb nach Ferne. …

ELISABETH LANGGÄSSER 1899–1950

Schriftstellerin

Rheinzabern

...
In dieser ruhigen, warmen Atmosphäre wächst meine Arbeit, vor allem der Roman, natürlich ganz anders, als in Berlin: stetig, mit großem Bogen und in Geduld.
Die Ernte und ihre Bedeutung für das Leben der hiesigen Menschen – dieser kultische Vorgang, in den das ganze Dorf mit jeder Gebärde einbezogen ist, mit Bittandachten, Freuden, Sorgen und unendlicher Arbeit, hat mich stark beeindruckt. Ein hochbeladener Erntewagen hat etwas Ehrwürdiges, etwas von einem schweigenden Dankgebet; ich habe das – auch als junge Lehrerin nicht! – noch niemals so innig erfahren.
Für gewöhnlich arbeite ich in dem großen Bauerngarten hinter dem Haus; man geht durch die Scheuer und den Ställen entlang, bis man hinkommt: ein köstliches Stückchen Erde mit einem wundervollen Blick über die Felder bis zum Waldrand, umschlossen von den hohen Tabakscheuern des Dorfes und anschließend an deren Bauerngärten. ...

Brief vom 28. Juli 1948

ALBERT HAUEISEN
1872–1954

Rheinebene im Sturm
Oel auf Leinwand, um 1900
Pfalzgalerie, Kaiserslautern

JOSEPH VICTOR VON SCHEFFEL 1826–1886

Lyriker, Erzähler

„... Bei fröhlicher, sonniger Osterluft ist mir heut nicht möglich, eine lange Epistel zu schreiben. ... ich schicke Dir als Freundes Dank: eine Erinnerung an Deine Vandalen, die ich im vorigen Jahr mit viel andern Trümmerstücken in Rheinzabern gesammelt. Es ist ein Fragment nicht eines Gefäßes, sondern einer Form, in welcher die Gefäße der Töpfer mit erhabener Außenseite gemodelt wurden. Der gute Sand veranlaßte dort zu Ziegeleien und Töpfereien, es war ein blühend Industriestädtlein, angelehnt an eine Römergarnison, als der furchtbare Rheinübergang in der Neujahrsnacht 406 den gallischen Töpfern das Modell in der Hand zerbrach und die Römercultur für immer hier niedergetreten wurde. In einem der Oefen fand sich ein Skelett zusammengekauert mit einem Beutel voll römischer Münzen.

Brief an Felix Dahn, Samstag vor Ostern 1864

LINA STAAB 1901–1987

Schriftstellerin

Donnersberg im Winter

Wie wirre Träume flattern Flockenscharen
tief um sein graues Haupt.
Er hat an Sommerlieder, die so golden waren,
zu fest geglaubt.

Nun liegt er atmend unter seiner Decke:
Ein Riese, der im Schlaf die Tat versäumt.
Sacht, sacht, damit kein Laut den Schläfer wecke –
Er träumt –

Kaum schimmern aus dem Grau die Häuserfenster.
Die weiße Fläche dehnt sich endlos weit –
Der Straße geben Bäume wie Gespenster
ein stumm Geleit.

WOLFGANG AMADEUS MOZART 1756–1791

Kirchheimbolanden

„Monsieur
mon tres cher Père!
Ich hätte unmöglich den gewöhnlichen samstag erwarten können, weil ich schon gar zu lange das vergnügen nicht gehabt habe mich mit ihnen schriftlich zu unterreden. Das erste ist daß ich ihnen schreibe, wie es mir und meinen werthen freunden in kirchheim-Poland ergangen ist. es war eine Vacans-reise, und weiter nichts. freytags morgens um 8 uhr fuhren wir von hier ab, nachdemm ich bey h. Weber das Frühstück eingenommen hatte; wir hatten eine galante gedeckte viersitzige kutsche: um 4 uhr kammen wir schon in kirchheim-Poland an. Wir musten gleich ins Schloß einen zetul mit unsere Näme schicken. Den andern tag frühe kamm schon der h. Conzertmeister Rothfischer zu uns, welcher mir schon zu Mannheim als ein grundehrlicher Mann beschrieben wurde; und ich fand ihn auch so. Abends giengen wir nach hof, das war samstag; da sang die Mademoiselle Weber 3 árien, ich übergehe ihr singen – mit einem wort vortrefflich! – ich habe ja im neulichen Brief von ihren verdiensten geschrieben; doch werd ich diesen brief nicht schließen können, ohne noch mehr von ihr zu schreiben, da ich sie ietzt erst recht kennen gelernt, und folglich ihre ganze stärcke einsehe. Wir musten hernach bey der officier-tafel speisen. den andern tag giengen wir ein ziemlich stück weege in die kirche, denn die Katholische ist ein bischen entfernt. Das war sonntag. zu mittage waren wir wieder an der tafel. abends war keine Musique, weil sonntag war. Darum haben sie auch nur 300 Musiquen das jahr.

ALBERT HAUEISEN
1872–1954

Schloßgarten Kirchheimbolanden
Oel auf Pappe, 1897
Pfalzgalerie, Kaiserslautern

abends hätten wir doch bei hofe speisen können. wir haben aber nicht gewollt, sondern sind lieber unter uns zu hause geblieben. wir hätten unanimiter von herzen gerne das essen bei hofe hergeschenkt; denn wir waren niemahls so vergnügt als da wir allein beysammen waren ... Den andern Tag Montag war wieder Musique, Dienstag wieder, und mittwoch wieder; Die Mademoiselle Weber sang im allen 13 mahl, und spiellte 2 mahl Clavier ... ich hab im allen 12 mahl gespiellt und einmahl auf begehren in der lutherischen kirche (Pauls. Kirche) auf der Orgel, und habe der fürstinn mit 4 Sinfonien aufgewartet, und nicht mehr als sieben louis-d'or NB. in silbergeld, bekommen und meine liebe arme weberin fünf. Das hätte ich mir wahrhaftig nicht vorgestellt. auf viel habe ich mir niemahl hoffnung gemacht, aber auf das wenigste ein jedes Acht. basta; wir haben nichts darbey verlohren; ich habe noch 42 fl Profitt ..."

Brief an seinen Vater, 4. 2. 1778

HEINRICH HANSJAKOB 1837–1916

Pfarrer, Volksschriftsteller

Mein Rosselenker hatte an der ersten Station im Weinland den Wein so gründlich versucht, daß ich heute das erstemal auf der ganzen Reise an ihm etwas zuviel merkte.
In der linken Hand die Zügel, die rechte in die Seite gestemmt, saß er stillvergnügt auf seinem Bock und gedachte trunkenen Blicks der guten Schoppen, die er gestern abend und heute früh schon in Landau genossen.
Ich selbst hatte gestern bei meinem Quartierherrn einen Wein getrunken, der den Namen „Goldbächel" trägt und mir außerordentlich gemundet hat.
Bei dem ersten Orte, Nußdorf, auf einer Höhe angekommen, wurde auch ich trunken von dem Blick, der sich mir eröffnete auf die von üppigem Ackerland umgebenen Dörfer der Rheinebene, auf das Hartgebirge mit seinen Schlössern und Kapellen und auf das Rebenmeer, welches sich über die Hügel zwischen Ebene und Gebirg ausbreitet.
Erst hier muß man singen und sagen: „Fröhlich Pfalz, Gott erhalt's".
Auf das rechte Rheinufer paßt dieser Spruch nicht in so hohem Maße, wie auf das linke.
...

Sommerfahrten, 1909

...

Der Kutscher Joseph wurde in diesem Rebenmeer immer begieriger nach Wein, trotzdem die Schoppen von Landau noch nicht gänzlich verraucht waren.
In dem stattlichen, weingrünen Dorfe Rhodt ließ ich vor einem freundlichen Wirtshaus halten und ihm einen halben Liter auf den Bock reichen. Ich nippte auch an dem Wein und fand ihn um den Preis von 50 Pfennig gar köstlich.
Ich fragte den Wirt, ob der Wein bei diesem Preis auch echt sei.
„Wir," so meinte der schneidige Pfälzer, „wir schenken hier nur echten, den geschmierten schicken wir fort. In der Fremde, namentlich im Preußischen, da wollen sie nur geschmierte Weine; die schmecken ihnen besser als die echten."

Sommerfahrten, 1909

...

Die Pfälzer scheinen im allgemeinen nie besonders beliebt gewesen zu sein in München. Sie durften auch nie einen Minister dorthin liefern. Sie galten offenbar in Altbayern von jeher als unruhig, freisinnig und freischärlerisch und vor 1870 als unsichere Kantonisten, die heut oder morgen der Franzos wieder einstecken könne.
Aber die weinfröhlichen Pfälzer und die biergemütlichen Altbayern passen auch nicht zusammen, so wenig als Feuer und Wasser.

Sommerfahrten, 1909

HANNS FAY
1888–1957

Weinlese bei Haardt
Aquarell, nach 1937
Privatbesitz

JOSEF HOFMILLER 1872–1933

Essayist

Jeder deutsche Wein ist ein Individuum, etwas Einmaliges und Einziges, und vollends jeder Pfälzer ein ausgeprägter Charakterkopf. Wie herrlich sind allein schon die Namen! Was steckt an jahrhundertalter Volksdichtung in ihnen, an Mutterwitz, an geschichtlichen Erinnerungen! Ruppertsberger Linsenbusch – klingt es nicht wie ein Lied aus dem Wunderhorn? Mußbacher Bischofsweg, Ungsteiner Nußriegel, Hardter Mandelring, Deidesheimer Herrgottsacker, Diedesfelder Johanniskirchel, Ruppertsberger Taubenrausch, Gimmeldinger Meerspinne, Zeller schwarzer Herrgott, Hambacher Kaiserstuhl, Forster Ungeheuer, Weisenheimer Vogelsang, Wachenheimer Fuchsmantel, Forster Musenhang, Deidesheimer Klostergarten, Dürkheimer Nonnengarten, Forster Jesuitengarten, Dürkheimer Rittergarten, Ruppertsberger Reiterpfad, Wachenheimer Luginsland, Herxheimer Himmelreich – es ist ein Klang darin, zugleich mittelalterlich und märchenjung, fromm und weltlich. Uns überkommt das schmerzliche Gefühl von Lenaus Don Juan angesichts der unermeßlichen Menge schöner Mädchen und Frauen: das sind nur die Namen – jetzt kommen erst die Jahrgänge, die Wachstümer –, ein Menschenleben reicht nicht hin, alle kennenzulernen. Mit einem Gefühl von Wehmut schlürft man den letzten Schluck Wachenheimer Goldbächel oder Forster Kirchenstück: das Leben ist kurz, die Kunst ist lang, das Urteil schwierig, die Gelegenheit flüchtig, zu neuen Ufern lockt ein neuer Tag, lebwohl, lebwohl, nie werd' ich dich wieder trinken, es ist ein Abschied für immer …

Es ist ein unerhörtes Crescendo an Feuer und Wohlgeschmack, von der elsässischen Grenze an, wo gleich der rote Schweigener die Honneurs der Begrüßung macht, über Gleiszellen mit seinem lieblichen Muskateller, dem feurigen Birkweiler Kastanienbuscher, Gleisweiler, das ganz in Weinberge und Edelkastanien eingebettet liegt, Burrweiler, Diedesfeld, Edenkoben, Maikammer-Alsterweiler, Sankt Martin, um nur die bekanntesten herauszugreifen. Aber jetzt geht's erst los: Hambach, Neustadt, Gimmeldingen, Königsbach; und nun die großen Lagen von Ruppertsberg, Deidesheim, Forst mit ihren Rieslingsgewächsen, Wachenheim, Dürkheim, Herxheim, Weisenheim, Ungstein, Freinsheim, Kallstadt, Grünstadt, und die Rebhänge des Nordens, mit denen die Via triumphalis des Pfälzer Weins anmutig ins Hessische hinüberleitet: Introite, nam et hic vinum est!

ERNST FREIHERR VON WOLZOGEN 1855–1934

Schriftsteller, Komponist, Regisseur

Es geht nix über'n Pälzer

„Heil Wachen-, Dürk- und Deidesheim
Ihr könnt mir wohl gefallen.
Heil Neustadt, Forst und Ruppertsberg!
Euch preis ich hoch vor allen.
Ja, von der Haardt bis Worms hinab,
Da wächst auf jedem Hektar
Ein deutscher Preis- und Ehrentrunk,
Ein Doktorwein, ein Nektar.
Da preis ich Freundstück, Kieselberg,
Kalkofen, Ungeheuer,
Euch, Vogelsang und Musenhang,
Dich, Feuerberg, voll Feuer.
Liebfrauenmilch und Nonnenstück
Das sind die frommen Sorten,
Das Jesuitengärtlein grünt
Dicht bei den Himmelspforten.
Heil euch, ihr Sorgenschmelzer!
Es geht nix über'n Pälzer!"

GUSTAV ERNST
1858–1945

Weinberge
Oel auf Leinwand
Pfalzgalerie, Kaiserslautern

HEINRICH HANSJAKOB 1837–1916

Pfarrer, Volksschriftsteller

Zwischen Neustadt und Dürkheim, wo ich heute mein Nachtquartier nehme, liegt das berühmteste Weingebiet der Pfalz. Auf ihm wachsen die edelsten Weine dieses gottgesegneten Landes, Weine, die den Namen der Pfalz überall hingetragen haben, wo Feinschmecker dem Bacchus huldigen.
War ich den ganzen Vormittag über durch Weingärten und über Weinhügel und in einem Meere von Weinstöcken gefahren, so wurde diesen Nachmittag dieses Meer zu einem großen Ozean, der noch weiter in die Ebene hinaus sich ergoß.
Da möcht' ich einmal zusehen, wenn Weinlese und ein gesegneter Herbst ist. Muß das ein Gewimmel sein, ein Singen und Jauchzen und Lachen in diesen unzähligen Gärten des Alkohols, das den strengsten Temperenzler und Abstinenzler bekehren müßte zum Gott des Weines, der so fröhlich die Menschen macht, noch ehe sie ihn getrunken!
Die Pfälzer sind, wie schon der alte Römer Tacitus von dem gallischen Blute sagt, begierig nach Neuerungen und Revolutionen; aber den neuesten Krieg, den gegen den Alkohol, machen sie sicher nicht mit.
Es wäre wirklich schade, wenn die Alkoholgegner Meister würden und ihr Sieg diese herrlichen Weinberge vertilgte, und wenn Kartoffeln und Rüben gepflanzt würden, wo jetzt so edler Wein wächst.

Sommerfahrten, 1909

HEINRICH RIEHL 1823–1897

Journalist, Professor für Kulturgeschichte

Die Pfälzer gehören zu den fleißigsten Landwirten Europas, ein gesegneter Boden begünstigt diesen Fleiß. Doch genügt dies nicht, die glänzenden Resultate der pfälzischen Wirtschaft zu erklären. Es kommt noch die fränkische glückliche Hand dazu, die Beweglichkeit, der Fortschrittstrieb, der Rationalismus des Franken. Der schwäbische Bauer ist vielleicht noch zäher in seinem Fleiße wie der Pfälzer, aber er ist nicht so flink, nicht so gewürfelt, er hat jenen schlagfertigen fränkischen Mutterwitz nicht, für welchen der Pfälzer ein ganz eigenes Wort besitzt: er ist nicht so „schlitzöhrig". Wer so praktisch pfiffig ist, wie Einer, dem der Büttel schon einmal die Ohren geschlitzt hat, ist schlitzöhrig, ein „durchtriebener" Schlaukopf. Kraft dieser angestammten Lebensklugheit hat sich der Franke in der Pfalz, am Mittelrhein und Untermain den Boden dienstbar gemacht wie kein anderer deutscher Stamm. „Dem Pfälzer kalbt selbst der Ochs". Wenn sich die Pfalz überhaupt nach so vielen und furchtbaren Kriegsnöten immer so fabelhaft rasch wieder erholt hat, so liegt das gewiß nicht bloß in der Üppigkeit des Bodens, sondern mehr noch in der unvertilgbaren Frische, Raschheit und Schnellkraft der Bewohner. Denn auch in der Pfalz wachsen nur Dornen und Disteln von selber und nicht Brot und Wein.

Die Pfälzer, 1857

HEINRICH RIEHL 1823–1897

Journalist, Professor für Kulturgeschichte

Küche und Keller

Die geschichtliche Sage erzählt, ein „Großer“ von der Hardt, ein junger, reicher vorderpfälzischer Weinbauer, habe ledig und allein auf seinem einsamen Hofe gelebt; der Stolz seines Hauses aber war eine perfekte Köchin. Mochte er Gäste haben oder allein sitzen, sie rüstete ihm eine Tafel, als ob es an jedem Tag Vorabend der Kirchweih wäre. (Denn die feineren Kenner des pfälzischen Lebens wissen, daß man nicht auf der Kirchweih selber am besten schmaust, sondern am Vorabend. Darum ziehen die echten Gourmands schon am Samstag aus, um die Kuchen frisch aus dem Backofen zu versuchen und von den großen Schinken und Braten, die man voraus bereiten muß, den saftigsten Anschnitt.) Nun warb aber jeder Mann insgeheim um die Liebe der Erbtochter eines Bürgermeisters. Der Alte, gleichfalls steinreich, hatte jedoch sein Kind nach der Art der pfälzischen „Großen“ schon seit der Wiege einem anderen zugedacht, dessen Wingerte, in der Bonitätsklasse vollkommen ebenbürtig, rund um die seinen gelagert waren, so daß es durch Schicksalswillen und Menschenwillen vorbestimmt schien, beide Güter müßten einmal zusammenwachsen zur herrlichsten Weinflur an der ganzen Hardt.

Unser junger Mann versuchte vergebens eine Annäherung an den Alten, bis der Ruf von der perfekten Köchin zu dessen Ohren drang. Denn man erzählte sich von Neustadt bis Dürkheim, die Köchin habe unter Anton Carème, dem Unvergleichlichen, dem Koche Talleyrands, beim Wiener Kongreß die Schüsseln gespült und dabei die subtilsten Meistergeheimnisse jener Napoleonischen Koch-

ERICH HECKEL
1883–1970

Annweiler
Tempera auf Leinwand, 1933
Brücke – Museum, Berlin

kunst im großen historischen Stile erlauscht. Da ward der Bürgermeister doch neugierig und nahm endlich eine Einladung zum Mittagessen bei dem jungen Einsiedler an. Wie die beiden nun ganz allein eine Tafel durchgegessen – so fein, als man zur Zeit der Pompadour kochte, da die französischen Sitten am tiefsten standen und die französische Küche am höchsten, und so reich wie in den Glanztagen von Cambacérès und Talleyrand –, das möge ein Novellist ausmalen und zugleich das mit jedem Gang steigende Staunen des Alten, und wie er endlich sein Wirt beschwor, er möge ihm diese erste aller pfälzischen Köchinnen abtreten, und wie der schlitzöhrige Bursch zuletzt einwilligte, wenn der Bürgermeister seinem nunmehr glanzlosen Hause die Tochter für die Köchin gäbe, und wie der Alte arrondierte Weinberge und Bonitätsklassen und Schicksalswillen und Menschenwillen vergaß und einschlug, und wie so die perfekteste Köchin der Pfalz verloren und die reichste pfälzische Braut dafür gewonnen ward.

Die Pfälzer, 1857

HEINRICH LAUBE 1806–1884

Dichter und Publizist

... das heitere Land, das sich hier am linken Ufer aufsteigend hingelagert hat. Dort lacht das warme Rheinbayern mit seinen freundlichen Städtchen, Burgen und Weinbergen, mit Hambach, seinen Haardtbergen und seinen lang aufgeschossenen, dunklen und leicht erregten Bewohnern ...

Anläßlich einer Rheinreise beim Blick vom Heidelberger Schloß

FRIEDRICH BLAUL 1809–1863

Theologe, Schriftsteller

Der pfälzische Charakter

Wer das Land mit eigenen Augen gesehen, wird mich schwerlich der Übertreibung zeihen, wenn ich es ein Stück des deutschen Paradieses nenne. Die Rheinlande sind ohne Widerrede Deutschlands Kronc, und die Pfalz ist wahrlich nicht der geringste Edelstein darin. Diese kleine, an Schönheit und Fruchtbarkeit überreiche Provinz von 103 Quadratmeilen ist der Wohnsitz von mehr als einer halben Million Menschen, die jenem reichbegabten Stamme angehören, dessen schöngeschmückte Wiege das breite Rheintal ist. Der Rhein ist ein deutscher Strom, und wie seine Anwohner zur Rechten, so sind auch die zu seiner Linken Deutsche. Die Pfalz ist deutsch und zwar ganz deutsch, freilich weder österreichisch noch altbayerisch, noch preußisch, noch sächsisch, sondern eben rheinisch deutsch. Soll ihr das zum Vorwurf gereichen? Die alten Kaiser haben anders gedacht, und ich muß gestehen, sie hatten so unrecht nicht, diesem rheinischen Land und Volk einen gewissen Vorzug zu geben. Das Volk am Rhein ist schon von der Natur bevorzugt vor vielen anderen. Es ist in ihm jene glückliche Mischung des Blutes, die zu seinen lachenden Fluren und Tälern, zu seinen Rebenhügeln und frischen Wäldern paßt. Heiterkeit und leichter Sinn, ohne eigentlichen Leichtsinn, charakterisieren wie den Rheinländer überhaupt, so den Pfälzer insbesondere. Dabei besitzt er ungemeine Schärfe des Verstandes, schnelle Fassungsgabe und einen glücklichen Takt in der Beurteilung dessen, was das Leben ihm darbietet. – Eigenschaften, die ihm schon die Natur in hohem Grade verliehen, die aber in der Schule großartiger Erfahrungen noch schärfer ausgeprägt worden sind. Doch dieses Licht wirft auch einen Schatten. Es ist der Stolz, eine gewisse Selbstüberschätzung in Folge der Verstandesgaben, die eben doch nicht immer Geistestiefe sind; ein allzu rasches Urteil, kurz, jenes schnelle Fertigsein mit dem Worte, das nicht lange überlegt und darum oft verwundet, ohne dies gerade zu beabsichtigen, bei allem dem kann man nicht sagen, der Pfälzer sei ebenso rasch zur Tat oder zu irgend einem schlimmen Begehen, wie zum Worte. Er hat sein Vorteil scharf im Auge und handelt nur in gereizter und leidenschaftlicher Stimmung unüberlegt.

Träume und Schäume vom Rhein, 1838

MAX SLEVOGT
1868–1932

Blick auf Godramstein
Oel auf Leinwand, 1913
Stadt Speyer

FRIEDRICH CHRISTIAN LAUKHARD 1758–1822

Pfarrer, Soldat, Schriftsteller

...

Da ich wußte, daß in Halle der Wein sehr teuer sei, und mein Beutel nicht hinreichen würde, ihn zu trinken, so machte ich mir die wenige Zeit in der Pfalz noch recht zunutze und trank gerade so viel, als ich bezwingen konnte. Zu meiner eigenen Schande muß ich aber sagen, daß ich ein Meister im Saufen war und wenigstens vier Bouteillen recht guten Bechtheimer vertragen konnte, ohne mich zu übernehmen. Als ich vor einigen Jahren wieder in der Pfalz war, glaubte ich noch eben die Fertigkeit im Weintrinken zu haben, wie vorzeiten, aber ich irrte mich. Denn ohnerachtet ich kaum halb so viel Wein zu mir genommen hatte, als ich sonst ohne merkliche Veränderung meines Gehirns vertragen konnte, fing ich doch an zu wanken und mußte aufhören. Also auch garstige, unanständige Fähigkeiten vermindern und verlieren sich durch Mangel an Uebung.

Leben und Schicksale von ihm selbst erzählt, 1779

AURELIO DE GIORGI BERTOLA 1753–1798

Italienischer Dichter, Theologe

Rheinstrom. Berge bey Speyer

Um die Gränzen meiner Wanderungen in den Gebirgen bey Speyer leichter zu bestimmen, zeichne man sich in Gedanken ein Dreyeck, indem man von Speyer nach Landau zu bis an den Fuß der ersten Berge geht, sich dann Neustadt, einem kleinen Städtchen in der Pfalz, gerade gegenüber wendet, und von hier längst dem Speyerbache zu dem ersten Punkte zurückkehrt. Das Thal, welches in einer ungleichen Breite einige Meilen lang fortgeht, ist bevölkert und fruchtbar. Sanft steigt man von da durch gekrümmte Alleen, die bald von frischen Bächen bespielt, bald von den schönsten Gruppen dichter Büsche beschattet werden, zu den Weingärten empor, mit denen die Hügel bedeckt sind. Aus der Gegend von Weyer sieht man über eine reizende Kette von Anhöhen hin, die sich stufenweise erheben, und von denen die lezte das Bild eines sanft bewegten Meeres erweckt. Bey der Fortsetzung unserer Wanderung stiegen wir bey Neustadt herab, welches von zweytausend Reformirten, tausend Catholiken und einigen hundert Lutheranern bewohnt wird. Unter diesen Einwohnern herrschte ehemals die heftigste Zwietracht. Diese ging so weit, daß als der Churfürst Carl Philipp in Person nach Neustadt kam, um für die catholische Gemeinde, zu welcher er sich bekannte, einen Gottesakker zu verlangen, ihm sein Begehren anfänglich abgeschlagen wurde. Aus demselben Grunde war auch ehedem unter den Bewohnern dieser Gebirge die Eintracht nicht sonderlich groß.

Malerische Rheinreise von Speyer nach Düsseldorf, 1796

JOHANN WOLFGANG VON GOETHE 1749–1832

…
Ein ungemein schöner Tag, eine glückliche Gegend, noch alles grün, kaum hie und da ein Buchen- und Eichenblatt gelb. Die Weiden noch in ihrer silbernen Schönheit, ein milder, willkommner Athem durchs ganze Land. Trauben mit jedem Schritt und Tage besser. Jedes Bauernhaus mit Reben bis unters Dach, jeder Hof mit einer großen vollhangenden Laube.
Himmelsluft weich, warm, feuchtlich, man wird auch wie die Trauben reif und süs in der Seele. Wollte Gott, wir wohnten hier zusammen, mancher würde nicht so schnell im Winter einfrieren und im Sommer austrocknen. Der Rhein und die klaren Gebürge in der Nähe, die abwechselnden Wälder Wiesen und Gartenmäßigen Felder, machen dem Menschen wohl und geben mir eine Art Behagens…

Brief an Frau von Stein, 25. September 1779

MAX SLEVOGT
1868–1932

Frühling in der Pfalz
Oel auf Leinwand, 1910
Wilhelm-Hack-Museum, Ludwigshafen

HEINRICH RIEHL 1823–1897

Journalist, Professor für Kulturgeschichte

Pfälzer Dialekt

Aus übermäßiger Deutlichkeit spricht der Pfälzer oft hart, manchmal geradezu barock. So stellt hier das Volk im Allgemeinen die Hauptwörter in ihren ganz richtigen Casus, nur eine höchst drollige Ausnahme ist durch die Etikette geboten. Das Fürwort „Sie" als Bezeichnung der zweiten Person darf nie im Accusativ gebraucht werden; statt dessen setzt man den Dativ. Man sagt also nicht: „ich liebe Sie", sondern: „ich liewe Ihne", „ich hab Ihne geseh'n". Das Erstere wäre um deßwillen respectwidrig, weil man hier „Sie" auch für jenes kleingeschriebene der dritten Person nehmen könnte, womit wir Dienstmägde und Gänsehüterinnen anreden. Doch ist auch der Satz: „Ich liewe Ihne" immer noch nicht ganz ächt pfälzisch, sondern: „ich hab Ihne lieb". Dies klingt demonstrativer, gewisser, unmittelbarer. Das Volk begünstigt zudem den männlichen Satzschluß; der doppelte trochäische Fall „liewe Ihne" klingt dem pfälzischen Ohr zu weich, zu vornehm und buchmäßig.

Die Pfälzer, 1857

ERNST FREIHERR VON WOLZOGEN 1855–1934

Schriftsteller, Komponist, Regisseur

Natur und Kunst, ein schönes reiches Land, in dem ein bevorzugter Menschenschlag ebenso rüstig zu arbeiten, Kulturwerte zu schaffen, wie dankbar froh zu genießen versteht; was will man mehr! Zieht hin, ihr Leute aus dem Norden, und lernt sie schätzen, diese Perle unter den deutschen Gauen am Rhein, es wird keiner heimkehren, ohne sich seiner Wandertage in Haardt- und Wasgenwald, seiner Berg- und Kellerfahrten mit Freuden zu erinnern und das Gebetlein fromm und heiter nachzusprechen: „Fröhlich Pfalz, Gott erhalt's!"

1910

HERMANN SINSHEIMER 1883–1950

Jurist, Journalist, Chefredakteur „Simplicissimus“

An Slevogts südpfälzischem Landgut bin ich oft vorbeimarschiert – „als Soldat und brav“, im Krieg und auch vorher, im tiefsten Frieden. Landau war die wichtigste pfälzische Garnison, ehemals eine berühmte Festung, die so oft und so fachmännisch belagert worden ist, daß sie in der Geschichte des Fortifikationswesen eine denkwürdige Rolle spielt. Später aber wurde Landau, von den Franzosen im 18. Jahrhundert neu aufgebaut, ein freundliches Städtchen mit sehr breiten „Boulevards“ und von dem grünen Parkgürtel des Glacis, der an Stelle der Festungswerke getreten war, leichthin eingeschlossen.

Die Landschaft um Landau hat zwei Drittel des Jahres Sonne und Wärme. Hier ist, heute auch geographisch, der südlichste Süden Deutschlands. Die Haardtberge neigen sich dem Südosten zu, öffnen sich den wärmsten Lüften und gleiten in sanften Hängen in die Rheinebene hinein. Die Linien dieser Hänge scheinen von farbigen Stiften gezogen zu sein, sie sind lebende, atmende „kolorierte Graphik“, oder sie entfalten, wenn der Herbst das Laub der Reben und der Kastanienbäume bunt färbt, hitzige Aquarelltöne. Wie ein gesänftigtes Venezien wirken die Zeilen der Weinberge und des Spalierobstes, und neben den Gärten steht gleich, hoch anstrebend, der Wald. Wer sich dieser Landschaft verschwistert fühlt, schmeckt hier mit dem Wein zugleich auch den unfernen Rhein und über diesem und überdies den saftigen Laubwald.

Es ist eine Landschaft für epikuräische Augenmenschen, für Menschen, die sich auf dem Weg durchs Aug’ mit Leben und mit dem freundlichen Wesen aller Dinge und Menschen anfüllen. Drum hat der Meister Slevogt dort eine Heimat, seine Heimat gefunden. Er gehörte in dieses sanft glühende Wachstum zwischen

MAX SLEVOGT
1868–1932

Winterlandschaft bei Neukastel
Oel auf Leinwand, um 1927
Pfalzgalerie, Kaiserslautern

Rhein, Haardt und Vogesen, zu deren traumhaft entrückter und doch naher Ferne fast jeder Blick geleitet.

Slevogt, der in seiner Kunst ebenso mit Linien sparte wie im Leben mit Worten, hat dieser Landschaft sozusagen ihr Einmaleins, ihren Rhythmus und ihren tiefsten Sinn förmlich abgehorcht. Breit und doch zart liegen Feld und Wald um sein „Kastell", verfallene Burgen sitzen darüber, und nicht allzuweit davon sitzt auf einer Bergspitze auch die berühmte Ruine Trifels, wo einst die Reichskleinodien verwahrt wurden, und wo Richard Löwenherz gefangen saß, bis ihn, der Sage nach, sein Freund Blondel, der Sänger entdeckte und befreite. Hier, an der Schwelle zu dem einst burgundischen Land, hängen Geschichte, Sage und Landschaft noch heute als ein unteilbares Ganzes zusammen, der trächtige Segen des Bodens und der Sonne hat mythische Kraft bewiesen.

Dies war, dies mußte werden: Max Slevogts Heimat und seine Verzauberung. Hat er die Landschaft oder hat die Landschaft ihn zu endgültiger Form begnadet? Gleichviel: hier wurde die völlige Übereinstimmung von Mensch und Land, von Geist und Scholle, von Wollen und Sein zum Ereignis. Die edelste Frucht des Landes, der Wein, hat einen beschwingten, beseligten Trinker gefunden, der Wein, vor allem, der hier tröpfelt, fließt oder strömt, hat einen Mann zum Kinde gemacht: zum spielerisch dienenden Kind dieser pfälzischen Erde.

1932

JAMES FENIMORE COOPER 1789–1851

Amerikanischer Schriftsteller

Soweit das Auge reichen konnte, dehnte sich die Ebene der Pfalz vor uns aus. Da und dort glänzten der Rhein und der Neckar wie Silberbänder unter dem Grün der Felder, während die Thürme von Mannheim, Speier, Worms und zahllosen Dörfern die Landschaft so reichlich schmückten, wie Grabsteine die Appische Straße. Ein Dutzend altergraue Ruinen klammerten sich an die Seiten der badischen und hessischen Gebirge, während das Heidelberger Schloß düster und großartig aus seinem romantischen Thale auftauchte. Die Landschaft war deutsch und ihre Kunstdenkmäler etwas gothisch. Zwar ermangelte sie der warmen Glut, der launenhaften Umrisse und der verführerischen Schönheit Italiens, wie denn auch von der Großartigkeit schweizerischer Thäler und Gletscher nirgends etwas zu erblicken war; aber man sah hier die Vollkommenheit eines fruchtbaren Bodens und des Gewerbfleißes, verschönert durch ein buntes Gemische nützlicher Gegenstände.

Die Heidenmauer, 1866

FRANZ WEISS 1808–1843

Theologe, Lehrer, Schriftsteller

…
Wer einmal hier die Freuden des unverkümmerten Anschauens der gleichsam mit sich selbst wetteifernden Natur genossen hat, der wird gerne, sooft es ihm vergönnt ist, wieder hierher zurückkehren; denn alles, was anderswo nur vereinzelt zu finden ist, das ist hier in ein große, nie Überdruß erweckendes Ganzes vereinigt, und nicht übertrieben ist die Behauptung, daß die Haardt, ohne zu verlieren, sich in jeder Beziehung den gepriesensten und eben darum besuchtesten Gegenden an die Seite stellen darf. Einen eigenen Reiz gewähren derselben die vielen malerischen Bergruinen, die längs dem ganzen Gebirge auf den schönsten Punkten die Aufmerksamkeit in Anspruch nehmen und zu ihrem Besuche einladen. Sie bieten alle mehr oder weniger dieselbe entzückende Fernsicht dar. Das ganze reiche Rheinthal mit seinen Städten und Dörfern liegt vor dem Blicke und reißt unwiderstehlich zur Bewunderung hin. Die Nähe und die Ferne entfalten sich in gleicher Pracht und lassen auch hochfliegenden Anforderungen nichts zu wünschen übrig. …

Die malerische und romantische Pfalz, 1838

MAX SLEVOGT
1868–1932

Blick ins Land
Oel auf Leinwand, um 1920
Städtische Kunsthalle, Mannheim

EDUARD JOST 1837–1902

Schriftsteller

Pfälzer Lied

Am deutschen Strom, am grünen Rheine
Ziehst du dich hin, o Pfälzer Land.
Wie lächelst du im Frühlingsschmucke,
Wie glänzt des Stromes Silberband.
Da steh' ich auf des Berges Gipfel
Und schau auf dich in süßer Ruh
Und jubelnd ruft's in meinem Herzen:
„O Pfälzer Land, wie schön bist du."

Es nickt von deinen sanften Hügeln
Die Rebe mir im Sonnenstrahl,
Es lockt das Grün mich deiner Wälder,
Der Fluren Pracht in jedem Tal.
Von deinen Kirchen und Kapellen
Tönt mir die Sonntagsglocke zu
Und Andacht und Begeist'rung flüstern:
„O Pfälzer Land, wie schön bist du."

Und deiner Burgen graue Trümmer
Und deines Domes stolzer Bau
Wie grüßen sie im Sonnengolde
Vom Berge mich und aus der Au!
Es zieht mich hin zu ihren Räumen,
Es treibt mich ihren Hallen zu
Und wie ich wandre, tönt es freudig:
„O Pfälzer Land, wie schön bist du."

Ja, schön bist du, o Fleckchen Erde
Am deutschen Strom, am grünen Rhein,
Du Land voll Biederkeit und Treue
Du Land im Frühlingssonnenschein.
Und find' ich einst in deinem Schoße
O Pfälzer Land, die sel'ge Ruh',
Dann ruf' ich mit dem letzten Hauche:
„O Pfälzer Land, wie schön bist du."

AUTOREN UND MALER

(Kursivdruck sind Abbildungen)

ORTSREGISTER

(Kursivdruck sind Abbildungen)

In einigen Ausnahmefällen war es uns trotz entsprechender Bemühungen nicht möglich, die heutigen Inhaber bestimmter Rechte ausfindig zu machen. Wir bitten diesbezüglich um Verständnis und sichern selbstverständlich eine Nachhonorierung im üblichen Rahmen zu.